大周互娱
DA ZHOU HU YU

江迢迢

插画师，作者。

以画养猫，热爱蓝天以及飞向蓝天的人。

偷偷加颗糖

TOU TOU JIA KE TANG

江迢迢 著

江苏凤凰文艺出版社
JIANGSU PHOENIX LITERATURE AND ART PUBLISHING, LTD

图书在版编目（CIP）数据

偷偷加颗糖 / 江迢迢著. --南京：江苏凤凰文艺出版社，2019.11

ISBN 978-7-5594-4116-4

Ⅰ.①偷… Ⅱ.①江… Ⅲ.①长篇小说—中国—当代 Ⅳ.①I247.5

中国版本图书馆CIP数据核字（2019）第231454号

偷偷加颗糖

江迢迢 著

责任编辑 丁小卉
特约编辑 林栀蓝 杨 珍
装帧设计 周 丽 李映龙
责任印制 刘 巍
出版发行 江苏凤凰文艺出版社
出版社地址 南京市中央路165号，邮编：210009
出版社网址 http://www.jswenyi.com
印 刷 湖南天闻新华印务有限公司
开 本 787mm×1092mm 1/32
字 数 150千字
印 张 7.5
版 次 2019年11月第1版 2019年11月第1次印刷
书 号 ISBN 978-7-5594-4116-4
定 价 38.00元

喜欢你这件事，我偷偷乐了好久。

目录

Prologue

TOU
TOU
JIA
KE
TANG

我叫江迢迢，是一名插画师。

我喜欢的人叫陈故。

我曾暗恋了他一整个青春。他阳光向上，像明媚的太阳，喜欢他是我青春里做过的最出格的事。后来，暗恋之事败露，我解释："我们没有谈恋爱，是我单相思。"

他回答："我们是没有谈恋爱，但你也不是单相思。"

那年，我们轰轰烈烈地谈了一天的恋爱。

高考后，我南下求学。一别五年，他再一次站在我的面前，问我："好久不见，你能重新喜欢我吗？"

当年少时爱过的那个人站在我面前的时候，我还是想要重新爱一遍。

后来，我成了他的妻子。

我们有了一个家，有了一个长长的故事。

Chapter 1
你能重新喜欢我吗

TOU

TOU

JIA

KE

TANG

[01]

去年过年，陈故先生因为值班不能回来，我又懒得回父母家，便打定主意要一个人凄惨守夜。

我把说说定好发表时间——陈故这个负心汉，留我一个人在这团圆夜独守空房。

我等着新年的钟声响起就谴责他。

谁知道十二点之前，陈故不但回来了，还带回了一只猫。

小橘猫从他的大衣口袋里露出头来，超小、超可爱。

“你怎么回来了？”

“你不惊喜？”

“惊喜。”

“我怎么看不出来？”

陈故故意严肃地眯起眼睛，显得特别可爱。

我赶紧把他和小猫接进家里，觉得自己特别幸福。

零点到来的时候，陈故的手机忽然响了，他的特别关注对象发说说了。

——陈故这个负心汉，留我一个人在这团圆夜独守空房。

陈故看向我。

我说："你听我解释。"

陈故说："你来空房解释。"

[02]

陈故先生带回来的猫，我们取名为丢丢。丢丢特别黏他，经常趴在他身上半天不下来，他手足无措地向我求助。

我说："你坐下别动！"

一人一猫立刻就不动了。

人穿的是家居服，猫是小橘猫，午后的阳光极美，画面太美好，我赶紧拿出纸和笔开始构图画画。

自从陈故跟我谈恋爱，这类事经常发生。只要陈故在我身边，我多半画的就是他。画完后，我拿给陈故看，陈故笑着说："好看。"

我故意说："哪里好看？都没有我。"

陈故把画纸接过来，面向我说："因为我们都被作画人爱着，所以好看。"

丢丢在他的身上撒野，冲我"喵"地叫。我的心一下子被萌化了。

现在这幅画被挂在客厅里，一进门就能看到，陈故先生说是："时刻提醒，我们相爱着。"

时刻提醒，我爱过你，我仍然爱你，我永远爱你。

[03]

网上有一阵流行“摔倒了，要×××亲亲才能起来”的梗。

陈故不怎么上网，也不怎么了解这个梗，我又特别想玩，于是故意站到他后面。

他转身轻轻碰了我一下，我立刻往后倒在了沙发上，碰瓷大叫：“疼！”

陈故目瞪口呆地看着我：“我的劲这么大吗？”

我说：“还不是你撞的！要老公抱抱才能起来。”

陈故一脸无奈地看着我，走过来亲了我一口。我没想到他会亲我，脸一下子就红了，结结巴巴地说：“不是抱抱吗？”

陈故点点头，然后用额头抵着我的额头，眼眸明亮：“我想看看老公亲亲，你是不是可以飞起来。”

我差点就飞起来了。

[04]

我从小就喜欢写东西，虽然后来高中学画画了，但偶尔也会记点日常。陈故先生发现我在写我们之前的故事，他问我：“你怎么不用我的大名？”

我说：“毕竟是写给别人看的，保护隐私嘛。”

“哦。”他又问，“那你用的是原名吗？”

我老老实实回答："是笔名。"

陈故松了一口气："那就好。"

我一脸奇怪："好什么？"

陈故严肃地戳了戳我的脸，说："我不允许你跟除了我以外的人谈恋爱，名字也不行。"

[05]

我跟陈故是高中同学。他属于那种吊儿郎当的少年，努力一把能进前二十，不努力就是倒数，通常情况下他都是不努力的。

而我属于大家眼中的乖乖女，做什么都不敢出格。

唯一出格的事，大概是暗恋陈故。

而我做过最大胆的事，就是跟陈故谈了一天的恋爱。

年少的爱恋总是没有结果，后来我南下求学，陈故训练紧张，也没有像同龄人那样喜欢上网，甚至连微信都没有。

近来我们去参加同学聚会，同学看到我们牵手进来，都起哄，问我们什么时候在一起的。

我红着脸说："也就最近。"

然后陈故准确地报出了一个具体时间。

起哄声更大了。入座后，大家天南海北地聊起来。我高中时期的好友坐在我旁边，问我是怎么联系上陈故的。

大家都知道陈故不上社交平台，手机被没收是常有的事，所以默认他是经常性失踪人口。

我说："是缘分吧。"

也是巧，寒假里，陈故回家探亲的第二天，我爸和他爸参加了同一场婚礼。我爸回来，装作不经意地提起这事，我立刻就知道陈故回来了。

我没有陈故的电话，他又不用QQ。我根本联系不到他，也不想刻意地联系。于是喜欢宅在家的我每天都出门，想在我们那个不大的小县城里偶遇他。

我一连出去了五天，一无所获。

第六天，我本来还想出去，我妈派我去买醋。我拎着醋回来的时候，看到我家巷子口的小树林里站着一个人。

我一下子愣住了，然后眼泪就掉下来了。

算起来，我已经五年没见过他了。我本来以为随着时间的流逝，我在高中时对他的爱慕已经消失殆尽了。我从来没想过这个人站在我面前的时候，我还是有想要爱他的冲动。

陈故看见我哭就慌了，他大步走过来，迟疑地伸出手，像十八岁时那样，将手放在了我的脸上。

他在外面待得久了，手有点凉。

我拍掉他的手，抹眼泪："你在这儿干什么？"

陈故手足无措："我在等你。"他看我哭个不停，又重复，"我在等你，在这儿等你。"

他说："迢迢，我等你好久了。"

[06]

我们的爱情从那句“我在等你”重新开始。

我们小心地试探着，了解着彼此缺失的这五年时光，比以前更成熟、更认真。

陈故走的前一天是元宵节，我们一起去看烟花。小县城没有多少高楼大厦，我们就站在马路边上看。

月亮很圆，烟花声很大，我能听到自己的心跳声。

在烟花声中，陈故牵住了我的手。

他说：“迢迢，你喜欢我很多年，我也喜欢你很多年。”

他转过身面向我，靠近我，在我耳边说：“好久不见，你能重新喜欢我吗？”

我的心里酸涩又甜蜜，觉得单身这几年就一直在等着有人跟我说这句话。

而这个人，除了陈故，谁都不行。

[07]

陈故训练特别辛苦，夜训是常有的事，所以就算是打电话，我们也不会打太久。

也就是那时候，陈故开始学着玩QQ了。

他高中的时候QQ被盗了，便又申请了一个。他给我发了好友申请：宝贝儿，是我。

我一看，什么乱七八糟的，点了拒绝。

我一刷新又是一条好友请求：你为什么拒绝我？

我点了拒绝，在拒绝理由上输入：你是谁？

好友请求：你老公。

我拒绝：呸。

好友请求：我累了，你是不是已经变心了？

我这才觉得有点不对劲，同意了，发了一个表情包过去，问：你到底是谁？不说我拉黑了。

他说：是我啊！陈故！

我无语了。

他说：你为什么拒绝我？

我说：你看看你的网名。

陈故先生的网名：把一切献给蓝天。

过了一会儿，陈故说：你再看看我的网名。

我一看——把一切献给迢迢。

我十分感动，然后说："你记得这个号别加其他同学了。"——我丢不起这个人。

[08]

刚谈恋爱那会儿，我特别容易害羞，偶尔牵牵手、抱一下，都觉得心跳得特别厉害。

有天中午，我们吃完饭，陈故躺在沙发上睡着了。午后的阳光特别温暖，我看电视看得心不在焉。

试问，有谁看到自己喜欢多年的人在自己面前睡着会无动于衷?

我决定吻他，趁他还没醒。

但我没想到我能把他吻醒。我紧张坏了，找了好几个理由，最离谱的就是我说自己绊了一跤，不小心跌在他的嘴巴上了。

陈故刚醒，睡眼蒙眬地看着我："你刚刚说了三个理由。"

我茫然："啊？"

陈故说："一个理由亲一下。"

我继续："啊？"

陈故说："再亲我两下。"

我的脸红了："哦。"

[09]

周末，我和陈故先生约好在游乐场约会。他来的时候带了一束花，塞到我怀里，然后就去排队买票，让我在门口等他。

这时，一个三四岁的小男孩跑到我面前，腼腆地说了一句话，我没听清，弯下腰问他。

他抬起头说："我们交个朋友吧。"

我说："好呀。"

我跟小男孩交换了一枝花和糖果后，给陈故发消息说这事，并哀怨：怎么不是个大二十岁的来搭讪？

我是背对着排队队伍发的消息，好久都没见陈故回我。我想回头看他在哪儿，腰突然被人揽住，他把下巴搁在我的肩膀上。

他说："这位小姐姐，我们交个男女朋友吧？"

我的心顿时漏跳了两拍。

[10]

我的生日在秋天，十八岁生日时我在读高三。我没有心思过生日，跟好友说等考完了再一起吃顿饭。

生日那天，我收到了不少礼物，塞满了抽屉。下了晚自习，我没急着回家，而是坐在座位上拆礼物。我室友在旁边帮我拆礼物，两个人闹腾着，看有没有情书，礼物散了一地，有几个还被挤坏了。

我心疼极了，也不知道谁送了一个小型蛋糕，打开盒子一看，整个蛋糕惨不忍睹，上面写的字也糊成了一团。

蛋糕盒子上贴了一张字条：生日快乐。

我认出来是陈故的字，更觉得心疼，但没有表现出来，心痛地把蛋糕扔了。

重逢后，我问陈故："你在字条上写的'生日快乐'，蛋糕上写的什么？”

陈故则更加惊讶：“蛋糕不是你扔的？”

我：“我是那种不珍惜粮食的人吗？”

我当时把蛋糕扔到班里的垃圾桶里，第二天陈故看见了，以为我故意扔的，心里凉凉的，好几天都没理我。

他叹了一口气，说：“蛋糕上写的是‘十八岁，吃点甜的’。”他又哀怨地看了我一眼，“可惜你没吃。”

我连忙抓住他的手晃了晃，说：“其实我扔蛋糕的时候，偷偷背着她们挑了一口干净的吃，特别甜。”

我顿了一下，又说：“但是没你甜。”

[11]

我们在一起后，我过的第一个生日，陈故先生因工作需要，那一阵子都很忙。

我心想这也不是多大的事，就让他别放在心上。

他不同意：“你是我的女朋友，你就在我心上。”

我说：“好好好。”

至于直男会送什么礼物，让我们拭目以待。

过生日前一天晚上，我们聊天。

他问我：“你明天上午有什么安排？”

我说：“跟朋友出去看场电影，然后去吃火锅，顺便去逛逛街。”

他说："你晚点出去吧。"

我一猜应该是有什么惊喜，于是说"好"。我刚把手机放下，电话铃声就响了。

我接起电话，那头的人说："你好，是江迢迢吗？你在我们这儿订了一个蛋糕，明天送到是吗？"

我不确定："是吧？"

那边说："是吧？"

我说："是吧。"

电话那边的人说："是这样的，你写的送蛋糕的时间是明天早上九点。九点钟我们这边能做好，但是送货员可能要晚点才能送到。九点半或者十点可以吗？"

我说："好。"

挂了电话，我给陈故发消息：你要送我的惊喜是蛋糕吗？刚刚蛋糕店给我打电话了。

陈故回了我一串省略号，然后说：滚啊！蛋糕店！

我笑得很大声。

第二天，蛋糕送过来了，卡片上写着：宝贝儿，生日快乐，以后我们的生活只有甜。

我翻过卡片另一面看：苦我来吃。

我的眼泪一下子就掉下来了。

陈故送我的蛋糕迟到了五年。五年来我过了五次生日，每一次的生日愿望都是他能在我身边。

五年后，我的愿望实现了。

以后的每一年，都有他在我身边。

[12]

陈故先生属于阳光型的男人，我就比较内敛。我从QQ刚流行的时候开始，就一直在玩，我经常发说说，有不少是关于他的。后来我长大觉得矫情了，删了不少说说，但还遗留了不少。

有天早上，我看到QQ空间消息99+，点开一看，才发现他把我空间能评论的说说全评论了。

有一条说说是几年前我在情人节发的：你在干什么呢？

底下的评论要么是在秀恩爱，要么就是在哭自己是一个单身狗。其实，我发这条说说是在问心里的那个人在干什么，为什么不在我的身边？

陈故先生评论：我也想你。

我的心顿时像被一根刺扎了一下，很疼的同时，又觉得很幸福。

他懂我的意思。

原来我们都在坚持，坚持走到彼此的身边。

[13]

我很少在朋友圈秀恩爱，第一次秀还是陈故先生要求的。他见我每天都发朋友圈，分享日常，问我怎么没有他。

我就把他之前的一张背影照发到朋友圈，故作高冷：嗯，恋爱了。

底下评论全是感叹号，夹杂着几条“天哪，太帅了吧！”“你怎么悄无声息地就谈恋爱了！”“说好的一起单身的呢？”的言论。

陈故先生翻了一会儿评论，建议我发一条说说，于是我又去发了说说。

他这才满意地登录QQ，评论：是我。还附带了一张他的正面照。

我问：“所以你让我去空间发说说，是为了发一张正面照吗？”

陈故一脸严肃：“嗯，朋友圈这点有待改进。”

我大笑起来，也没忍心告诉他，我们的同学大多不玩QQ空间了。

[14]

前两天，我在微博上看到一个话题，问：什么是心动的感觉?

我随口念了出来。

陈故放下报纸，想了一会儿，说：“就是有人喊我的名字，我懒得回头。但有人喊你的名字，我立刻回头。”

顿了一下，他又补充："顺便整理一下发型。"

我憋着笑："那是十八岁的你。现在呢？"

他把我的手拿起来，放在他心脏的位置。他说话的时候心口微微震颤，认真专注地看着我，说："我一直没变过。"

那一刻，我的心跳得好快。

[15]

我跟陈故先生第一次真正接吻是在夏天，那时异地恋四个月，我们去上海玩。

晚上，我们在外滩散步。夜色极美，我们一路往前走。每隔一段距离就有人在拍婚纱照，其中一个新郎揽着新娘的腰，她穿着红色的礼服，仰着头与他接吻。

画面美好，我多看了两眼。

陈故问我："你想结婚了吗？"

我心口不一："不想！"

陈故问："你为什么不想，我对你不够好吗？"

我打量他："你还属于试用阶段！"

陈故笑着看我，把我拉到怀里，捧起我的脸，吻便落了下来。

吻完，他问我："试用期什么时候结束？"

我红着脸说："看你的表现。"

后来我形容那次接吻的感觉，总结：面红耳赤，头晕眼花，心如擂鼓。

陈故舔了舔唇，总结：感觉特好，多来两次。

[16]

刚跟陈故谈恋爱的时候，我没立刻跟爸妈说。主要是因为高中那会儿我们俩谈一天恋爱的事，我爸是知情的。我和陈故重新在一起后，陈故就回去了，我也去了苏州，就一直没想好怎么跟我爸妈说。

暑假我回家，陈故也休了一周的假，他刚回来就提着大包小包到我家来了。

当时我爸的反应：目瞪口呆。

我妈：这小伙子不错。

我问："你怎么来了？"

陈故："啊，你不是让我到你家来找你吗？"

我无奈道："我是让你在门口等我，我们出去。"

我把陈故拽了出去，刚要说他，他就一下子把我抱在怀里："我好想你啊。"

接吻是自然而然的，但没想到我爸妈看我们不进去，就跟了出来。我们接吻被他们撞了个正着，我恨不得钻地下去，陈故也有点窘迫。

我爸点名让陈故进去聊天，我战战兢兢地坐在客厅里等。我爸是比较严厉的那种人，一瞪眼都让人发怵。陈故有时候也倔，我真怕他们两个起冲突。

最后我坐不住了，蹑手蹑脚地上楼听墙角。

他们俩的声音不大，我听得也不是很清楚，但我能听出我爸的语气不是很好，陈故倒是一直很平缓。

直到最后，陈故的声音才大了一点："叔叔，这么多年了，我就喜欢她，没别人了，真的！"

我的眼泪一下子就掉下来了。

[17]

陈故走后，我跟我妈谈心。

我问她觉得陈故怎么样。

我妈问："他就是高中跟你谈恋爱的人？"

我说："是他。"

我妈叹了一口气："现在的男孩都浮躁，觉得这个不行就下一个，哪有这么长情的。这孩子可遇不可求啊，你要珍惜。"

晚上，我给陈故发消息，说我妈让我好好珍惜你。

他给我打电话，吞吞吐吐："有件事我一直没告诉你。你们家门口那堵墙，你去看看，有块砖头我记得掉了一块，我十八岁的时候在上面刻了字。"

我立刻抱着电话往楼下跑。天色已经很晚了，我打开手机的手电筒，弯着腰在墙边找他说的那块砖，缺了一块的很好找。

我只看了一眼那块砖，哽咽着对他说："我找到了。"

陈故的声音传来，在黑夜中有点低沉："我写了什么？"

我一字一句地念道："我真的很喜欢你。"

电话那头沉默了一下。

陈故说："我也是。"

隔了五年的时光，我收到了来自陈故先生十八岁时最赤诚的爱。

[18]

在没谈恋爱之前，我对陈故的印象一直还停留在高中时期——张扬肆意，脾气不怎么好，但人缘很好。我记得当时有喜欢他的女生说，一看到他就想照顾他。

跟他谈恋爱后，与我想象中的相反，我才是经常被照顾的那个人。

陈故总能摆平一切麻烦，能把人照顾得特别好。

我跟他说："你知道吗？你在家的时候，我要是看到虫子就会大喊'陈故！虫子！呜呜呜！'你要是不在家，我就走过去，用纸把虫子包着扔到窗外去。"

陈故说："哈哈哈，你怎么那么可爱？"

我故意板着脸说：“正常人难道不应该觉得这个女人很可怕吗？”

陈故点点头，说：“可是怎么办，我不是正常人。”他拉着我的手晃了晃，笑着说，“我是喜欢你的人。”

喂，有人吗？这里有个人甜得犯规了！

[19]

我来陈故的城市找他，坐了很久的车有点累，一看他点的菜全是我不喜欢的，顿时就有点委屈了，觉得他一点也不了解我，没吃几口我就不吃了。

他一看我不吃了，把菜单递给我让我点。

我更生气了，把菜单一摔：“我们俩都在一起那么久了，你就没想过要问我喜欢吃什么吗？”

然后我起身就走，陈故一直在后面默默地跟着我。也不知道走了多久，我累了，回头冷冷地看着他，他站在几米外看着我，有点委屈。

我鼻子一酸，特别想哭，转身又想走。他大步走过来拉住了我的手，闷闷地开口：“迢迢，是我不好，我记得你以前爱吃那些东西。”

我想抽出手来，他攥得特别紧，眼眶都红了：“你给我点时间，我慢慢了解你好吗？”

我一下子就哭了，刚刚那些菜我高中的时候确实都喜欢吃，但是都过了五年了，我的口味也变了。

也是那一刻，我有点后悔跟陈故错过了五年，彼此都变了太多，这份爱又能坚持多久？

我执意要回去，他把我送到了高铁站，我排队过安检，手机突然响了。

他给我发消息：迢迢，我该庆幸你变了好多，却还是喜欢我。

我的眼泪怎么也止不住了。

陈故走过来抱住我。

我当时就决定不逃避了，我要留在这个城市弥补我们失去的五年。

[20]

我经常在朋友圈分享歌，分享的同时还会写一句自己最喜欢的歌词。陈故先生每条都会评论，虽然有时候他出任务会评论得晚，但是肯定会评论。

《奇妙能力歌》：我拒绝更好更圆的月亮，拒绝未知的疯狂，拒绝声色的张扬，也拒绝你。

原歌词是“不拒绝你”，我故意写错了，看陈故先生怎么评论。

陈故先生：不准拒绝。

《只只》：你吹着风，不说话就很甜。

陈故先生：你多跟我说两句话，我就更甜了。

《愿你》：有梦想我来陪你收藏。

陈故先生：你有梦想，我来帮你实现。

《世界以痛吻我》：身陷牢笼唇吻花瓣。

陈故先生：不行，你只能吻我。

后来他也加了我爸妈的微信，他的评论大家都看得到，我让他收敛点。于是每次我一分享歌，他就直接发消息给我。

《故乡游》：太阳早上好，路边野花对我笑。

陈故先生：你开门。

我"噔噔噔"地跑去开门，他站在门口看着我笑："我笑得好看还是野花笑得好看？"

我求求你不要连野花的醋也吃好吗，野花做错了什么！

我说："你好看。"

我在心里默默地说：野花对不起，你没有家里这朵花好看。

[21]

国庆那会儿，陈故特别忙，半个月没回家，回家后倒头就睡。我坐在他旁边看电视。

他睡到一半，突然坐起来了。

我问他："怎么了？"

他一把抓住我的手，放到他的口袋里，又飞快地用另一只手把我按到他的身上。然后他闭上眼睛，语气十分满意：“好了，你跑不掉了。”

他醒来后，我问他是不是梦到什么了，他摸了摸鼻子，有点不好意思：“我梦到咱俩分开的那几年，我怎么也找不到你。”

我觉得好笑，又觉得酸涩。

他找不到我这件事，以后都不会发生了。

[22]

上高中的时候，陈故逃课去打篮球，一群女生逃课去看，最后被老师逮着了，老师罚他去扫操场，结果扫出来一封别人写给他的情书。

他的好哥们在旁边抢着要拆开情书看，陈故不愿意，伸长了手臂。

“有什么好看的？”

“都一样，都不是她写的。”

我当时心一下子就凉了，觉得自己没戏了，想了好几个陈故玩得好的女生，猜陈故喜欢哪一个。

后来陈故跟我说，他当时在后面叫我了，但我没理他。

我气得要打他：“你就不能叫大点声吗？”

陈故说：“我本来是想大声喊的，但是怕把老师招过来。”

我没好气：“你喊我干什么？”

陈故笑眯眯地看着我，说：“我一直在等你的情书，你一直没送来，我就在想你是不是不会写情书。”

我哼了一声：“胡扯，我高中的作文好得不得了。”又问他，“你怎么不写给我？”

陈故沮丧地叹了口气，说：“我那时候太骄傲了，被人追惯了。后来我终于醒悟了，给你写情书，却送不出去了。”

陈故上学的时候，几乎每天给我写信，一张纸，一两句话。后来我们在一起后，他把信全部送给了我。

我把他给我写的情书当作彩蛋，偶尔翻一翻，每次都有新惊喜。

“今天是七夕，礼物我准备好了，你来了就行了。”

“不好意思啊，我刚认识你就喜欢你了。”

“以后也会继续。”

“听说苏州下雨了，我这里也下了。”

“我有一把大伞，可以挡住两个人的天空。”

“所以你快来吧，不会有雨落到你身上。”

“我保证。”

“迢迢，我保证。”

陈故的保证真实有效，我再也没有淋过一场雨。

[23]

有一次，我跟陈故单方面吵架。

我：“我以后都不想理你了。”

陈故：“好，我们以后都不要理对方了！”

我：“那不行，我可以不理你，但是你不可以不理我！”

然后这事儿翻篇了，今天他又惹我生气了。

我：“行了，我们吵架吧，从现在开始。”

陈故过来哄我。

我不为所动：“我们吵架了，你不要跟我说话。”

陈故偏偏不，一个劲儿在旁边跟我说话，并且得意地说：“是你说的，你可以不跟我说话，但是我不能不跟你说话，所以我要继续跟你说话。”

我问：“我说的话是圣旨吗？”

陈故笑眯眯地说：“是神的旨意吧。”

我没忍住，紧绷的脸破功，被他逗笑了。

跟陈故先生这样的人吵架太没有意思了，他总是能把人逗笑，把你内心的阴霾全部扫干净，换成干干净净的阳光。

[24]

陈故的钱包里有一张我的照片，还是自拍的，但是我不记得是什么时候拍的，反正在现在看来有点非主流，想给他换一张现在的。

陈故不乐意，我生气道："你是喜欢现在的我，还是喜欢以前的我？"

陈故说："我都喜欢，所以我有两个钱包。"

我满头疑问，还有这种操作？

他说这张照片是我同学发彩信给他的，然后他偷偷去洗，还特意买了一个钱包，不装钱，就装我的照片，他说拍得特别好看，看一下心情会好一整天。

我笑他："你的粉丝滤镜太厚了！"

陈故严肃道："不是粉丝滤镜，是爱情蒙蔽了我的双眼。"

我问："那要是把爱情拿开呢？"

陈故无奈地看着我，说："迢迢，你还不明白吗？"

我疑惑："什么？"

他说："爱情蒙蔽我的双眼，是我心甘情愿的，不可能被拿开，我也不愿意被拿开。"

我说："你听。"

陈故说："嗯？"

我说："我的心跳好快。"

陈故笑倒在一旁，即使这样，他也紧紧拉着我的手。

我好安心。

[25]

以下对话发生在陈故先生休假前，我们谈论去哪里玩，主要是我在纠结。

“我想要出去玩，哪里都可以！”

“去江南？”

“我看腻了。”

“去厦门？”

“人太多了。”

“重庆？”

“太热了。”

“西藏？云南？新疆？”

“太远了。”

“日本？”

“没钱。”

“就去日本。”

“啊？”

“我们有钱。”

好，你有钱你说了算。

[26]

在重遇陈故之前，我是一个特别会规划的人，出去旅行一般都是我来策划行程。所以当我们要去日本的时候，我还是习惯性地开始查资料。

后来查到一半，陈故拿来一沓纸，说这是行程表，问我要不要看。

我当机立断，不听，不看，不查，当一个彻底的甩手掌柜。

日本之行我特别潇洒，陈故是一个称职的导游，讲解还特别有意思。冬天的雪国列车沿途风景特别美。

我感慨："好美。"

陈故说："是啊。"

我说："看外面，你看我干什么？"

陈故眼睛眨也不眨："你更美。"

OK，陈故先生，情话满分。

[27]

陈故是高三的时候报名参加的招收，他被录取后北上训练上学。由于他工作性质特殊，我们俩见面的时间不是很多。

有次我问陈故先生结婚了住在哪里比较好，陈故那阵子在封闭式训练，好久都没回我。

第二天早上，我打开手机，看到他凌晨回复了我的消息。

——没有你现在自由。

——我很想你，但我舍不得你不自由。

那一刻，我就觉得这个人我嫁定了。

[28]

跨年夜，我来找陈故。我们两个正在看电影，他接到领导的电话，要求立刻归队。走之前，他塞给我一张房卡，说看完电影就去酒店休息。

我挺失落的，好不容易约会一次，还被打断。我闷闷不乐地看完电影，晚饭也没吃就去了他说的酒店。

房间在二十五楼，落地窗外的夜景特别美，我就坐在窗边画速写。快到十二点的时候，我接到了陈故的电话。

他说："迢迢，我问你啊，你打算什么时候考虑嫁给我这件事啊？"

在阵阵风声中，我听到他的声音放低："迢迢，我爱你。"

我们迎来了新的一年，属于我们完整的一年。

以后的每一年，我们都要一起度过。

陈故先生，余生请多指教。

[29]

结婚后，有次我出差，陈故送我去火车站。他走绿色通道送我到检票口，快到检票时间了，突然显示火车要晚点五分钟。

我当时起得早，要坐将近六个小时的车，准备去车上补觉的，一看晚点就有点不高兴：“火车晚点了，好烦。”

陈故说：“晚点挺好的。”

我瞪他：“有什么好？”

陈故笑着看着我，拉着我的手晃了晃，说：“这样我就可以多看你五分钟了。”

那一刻，我突然有点不想走了。

[30]

结婚后，我搬到宿舍跟陈故先生住了半年。

刚搬过去的时候，我对家门口的小花园特别感兴趣，春日的花开得特别好看，我每天都去浇水，喜滋滋的。

某天，我又去浇水，正浇得开心，听到后面有人咳了一声。

我惊喜地回过头：“你怎么回来了？”

陈故先生穿着整齐，是夏天的蓝色服装，特别帅气。

他与我隔着一段距离：“我听邻居说，我家的小妻子天天可贤惠了，浇水养花，我就想看看。”

我凶他：“看就看，你还偷看！”

他叹了一口气：“我这不是怕你害羞吗？”他眨眨眼，又说，“我想着我就看一眼，就一眼，然后一不留神，十分钟就过去了。”

我的脸立刻就红了。

[31]

我们家隔壁住的人姓孙，接了家中老人来带孩子，是一个五六岁的男孩，眼睛大大的，特别可爱。

我闲着无聊，一来二去就和他们混熟了。奶奶去买菜的时候把孩子放我这儿，五六岁的孩子特别能闹腾，我们两个就坐在沙发上聊天。

等到奶奶要把他接走的时候，他还不乐意，拉着我的手问：“迢迢姐姐这么可爱，可以带回家吗？”

陈故先生回来，我说这事说给他听，他“哼”了一声：“小孩子想得美！”

我说：“他怎么想得美了？”

陈故说：“我花了那么多年才把你骗回家，怎么能便宜他？”

我说：“哦？”

陈故说：“哦，你不是我骗来的，你是乖乖跟我回的家。”他亲了亲我的额头，“你真乖，我真喜欢你。”

我的心里顿时觉得甜滋滋的。

陈故从来不吝啬他的情话，不傲娇，特别令人安心。

[32]

谁知道我刚夸完陈故先生，他就傲娇了。

还是隔壁家的小男孩，我们俩玩得好，待在一起的时间比陈故要多。某天，陈故先生猝不及防地吃醋了。

陈故问我：“你说说，你是喜欢我多一点，还是喜欢他多一点？”

我当时正要交商稿，忙着画画，没空理他，敷衍了一句：“我想一下，等会儿再回答你。”

身后没动静了，等我休息的时候，发现他还巴巴地看着我，我本来想逗他的话一下子就咽下去了，回答：“我喜欢你多一点。”

陈故先生眼睛亮了亮，又暗下去，别过脸，一脸嫌弃的表情：“这么简单的问题，你居然需要想那么久？”

陈故先生，请问您今年三岁吗？

[33]

有天晚上，陈故先生回来晚了。我迷迷糊糊地感觉到有人蹑手蹑脚地掀开了被窝，睁开眼，看到他在轻轻地翻报纸，看得特别专注。

怎么形容呢？我就觉得他特别温柔。

陈故看到我醒了，把手放到我脸上，轻轻捏了捏。我说：“老公，请问您这么晚回来，是先洗澡呢，还是先吃饭呢？”

陈故看着我笑。

我觉得奇怪：“你笑什么？”

他隔着被子抱住我，声音闷在被子里，说：“让我抱会儿。”

第二天，我又翻开陈故给我写的情书字条。我打开了好几张，里面有一张是这么写的——

“我从没想过爱会随着时间越来越深。”

我把它拍下来，发了朋友圈，有个朋友评论，问我：你结婚了？是你之前喜欢的人吗？

我这才想起来，我曾跟这位好友说过这段暗恋。只是在她出国后，我们不常联系了，连我结婚她都不知道，我回：是他。

朋友戳我小框，说：恭喜啊。我记得那时候我还劝你，说他不会再回来了。你当时是怎么回答我的，你还记得吗？

我有点蒙，真的不太记得了。

她回：你当时说“那我就走到他的身边去”。真好，祝福你！

我回她：谢谢。

其实我想跟她说，我的陈故先生根本就没走远，我也鼓起了勇气，想要走到他的身边去，但还是被他抢先了。他大概是不舍得让我多走两步吧。

放下手机，我在那张字条下面写：我也从未想过。

[34]

陈故先生有时候未免太撩了。有次家里来了几个人看他，他在门口浇花，他们就围在一块儿看花。

班长进来喝水，我趁机问班长陈故工作的时候怎么样，是不是特别好说话？毕竟他现在脾气那么好。

“脾气好？”班长一脸震惊，“没有啊，他特别严厉，平时也不笑。”

他又说：“是不是他对您很温柔啊？”

我的脸一红，陈故先生岂止对我很温柔，简直是打不还手，骂不还口。等他们走后，我坐在门口看花，陈故送完人回来，蹲在我面前，问：“怎么了？”

我抓住他的手说：“这位先生，你对我太好了。”

陈故笑我：“我不对你好对谁好？”

我一想也是，决定以后也对陈故好点，陈故笑着将我的手放在他的脸上，故作严肃：“我命令你，立刻亲我。”

我说：“遵命！”

在下属面前不苟言笑的陈故先生，对我却温柔得不得了。

陈故先生，真的很适合谈恋爱。

[35]

我跟陈故聊了一上午人生的意义，一个比一个见解深刻。

两个小时过去了。

我："累了，我们中午吃什么？"

陈故卷起袖子进厨房做饭。

他做饭好吃，像我这样平时食欲不振的人也能吃满满一大碗饭。我正吃着，他突然停下筷子。

我问："怎么了？"

陈故捏了捏我的脸，说："我觉得看你吃饭，人生就有意义。"

呜呜呜，我的陈故先生太甜了。

临睡前，陈故把耳机递给我，我接过来，是首很熟悉的歌。

"《往后余生》？"

"嗯。"

"往后的余生我只要你。"

"不是。"

"啊？"

"你听这句。"

陈故快进歌曲。

"想大声告诉你，我为你着迷。"

我脸一红："听见了，听见了。"

[36]

最近陈故先生撩人的时候总是面无表情，跟他平时大相径庭。我逗他："你最近怎么走高冷人设了？"

他直视前方："我以前是什么人设？"

陈故的性格是比较阳光的，虽然不是混混、坏学生，脾气也不咋的，但是在班里也是一呼百应，笑嘻嘻的。只要不触及他的底线，他还算好说话，有点傲娇的那种。虽然几年不见，他沉稳严肃了不少，但在我面前，他偶尔还是会有点孩子气。

我说："阳光少年的人设。"

陈故先生叹气："我得酷一点。"

"不过……"陈故勾住我的手，笑了笑，说，"在你面前，我还是不那么酷吧。"

我也觉得。

陈故先生笑起来特别好看。

[37]

丢丢被我带到这边住，它有点不适应，一睡觉就在外面叫个不停。于是，晚上我就不关门睡觉了，结果每天早上都被丢丢压醒。

我跟陈故抱怨。

陈故把丢丢举起来，严肃地训它。

“以后，你早上不准再进屋了，听见没有？”

“你早上就不能多睡一会儿吗？”

“还有，那是我老婆，你要注意素质好吗？”

丢丢：“喵？”

我：“哈哈哈哈哈哈哈哈哈哈哈！”

[38]

住的地方不能点外卖，我偶尔工作忙，画画忘了时间，就干脆不做饭，吃点零食将就过去了。为了不让陈故先生担心，我还胡编乱造自己中午吃了什么。

结果，还是被他发现了真相。

他回到家，要跟我谈谈。

我瑟瑟发抖。

他问：“中午吃了是吗？”

我说：“吃了啊。”

他问：“吃了什么？”

我哪还记得中午跟他说我吃了什么，憋了一会儿，说：“凉拌黄瓜。”

他说：“咱家的最后一根黄瓜，我早上吃了。”

我立刻就蔫了，坦白从宽。

我坦白了，陈故倒也没说我什么，而是下厨做了饭。

第二天早上，我睡得迷迷糊糊的，察觉陈故起床了，便看了眼时间，才五点多。

“你去哪儿？”

“你睡吧。”他捏了捏我的脸说。

然后，我就睡过去了。起床后，我看到餐桌上盖着几盘菜。

陈故留了字条：菜热一热就好了，你不准不吃饭。

我眼眶一热，差点儿就哭出来。

陈故也很忙，他做了这一次饭后，我就不让他做了。我保证肯定会好好吃饭，但他满脸不信任，我觉得受伤了，拍着桌子让他少瞧不起人。

陈故低哼了一声：“明天看你表现。”

谁知道第二天我忙完之后，一看时间，十二点了。我想着要不出门吃好了，还没收拾好，就听到有人敲门。

我跑去开门，是隔壁的小男孩。他叉着腰说：“迢迢姐姐，你吃饭了吗？”

我呆了几秒：“还没。”

小男孩“哈哈”笑了几声：“我就知道！”

孙奶奶从隔壁的窗户探出头：“迢迢，来我家吃饭啊。”

我忙着拒绝：“没事，我出去随便吃点就行了。”

“我煮了你的饭，过来吃吧！”

我架不住他们的热情，就去了隔壁。我上了饭桌一看，果然菜品不少。我觉得有点不好意思，解释说是自己太忙了，忘了做饭。

孙奶奶说：“早上陈故都跟我说了。”

“啊？”

“他说‘我们家迢迢工作忙，总想不起要按时吃饭。我付伙食费，麻烦您以后中午做饭时多做点，喊她吃饭’。”

孙奶奶是南方人，说话很软，认真地模仿陈故的语气，特别可爱。

我赧然：“陈故真是……”

“他还说‘我好不容易把人娶回来，可不是让她来受苦的，万一她饿瘦了怎么办？”孙奶奶感慨，“他真的喜欢你呢，要珍惜啊。”

我匆忙地扒了一口饭，把哽咽声遮掩掉。

我知道。

这件事，我十八岁的时候就知道了。

[39]

陈故先生休假，我们飞去重庆旅行，正赶上重庆最热的时候。我们俩干脆每天睡到自然醒，然后点个外卖，在酒店里看电影，晚上再穿着拖鞋去散步。

重庆的上坡路多，没走两步，我就想回酒店了。

陈故给我打气：“冲呀！”

“你自己冲吧！你看，好多汗，我的妆都花了。”

“那好吧，我自己冲了。”

我一听就气不打一处来，看来这个人是要抛弃我自己走了。转念一想，我回去吹空调，让他自己去散步吧。

我想得美滋滋，抬头一看，陈故站在原地没有走。

我瞪他：“你还不走？”

他蹲下来：“宝贝，你以为‘我自己’是指我一个人吗？不，是我们俩。走吧，我带你冲。”

我问：“你行不行啊？”

他说：“上来。”

我顺从地爬上陈故的背，他的背宽厚有力，特别让人有安全感。

我趴在他的肩头，说：“哎，陈故，你还记得有次上体育课，咱们班跟一班的篮球比赛吗？”

陈故说：“记得。怎么了？”

我说：“中场休息的时候，你把衣服的下摆撩起来擦汗，腹肌太好看了。”

陈故低声笑：“你这个小流氓。”

那次赛事特别激烈，我藏在一群女孩中间，跟着她们尖叫。我记得，那天的太阳特别晒，少年的汗水在阳光下闪闪发光。

我说：“你说奇怪不奇怪，喜欢一个人，连他挥汗的样子都觉得好看极了。”

陈故附议：“你说奇怪不奇怪，念着一个人，在那么多声音里面都能听出她的掌声来。”

我说：“胡扯！我没鼓掌！”

陈故说：“那我更厉害了，偷偷钻你的心里听到掌声了。”而且我钻进来了，就再也没有出去过。

[40]

去洪崖洞散步，再回酒店的时候我们走了另一条路，还买了一个小西瓜，一人一半。

我吃得快，发现西瓜上面是甜的，但下面还有点不熟。陈故等我吃完上面的，再把他的那一半西瓜给我。

我不肯把我的这一半给他：“我要投诉这个卖西瓜的，说好了不甜不要钱的呢？”

他说：“你吃我的，这样你就没白花钱。”

我问：“那你呢？”

他说：“我去投诉呗。”

我问：“现在你就是你自己了？”

陈故乐了：“赶紧给我。”

他把半块西瓜抢了过去，吃了一口："也算甜。"

我戏精附体，叹了口气："唉，让你跟我过苦日子，吃这样的西瓜。"

陈故说："幼稚！"然后他蹲在马路边上，"这苦日子不过了，我再找个人把我带走。"

我被他吓了一跳，笑了好一会儿，才直起腰看谁带他走。我们走的路偏，几乎没人路过。

于是，陈故可怜巴巴地说："没人。"

我说："你知道就好。"

陈故喊道："那你还不赶紧把我带走？"

我笑着走过去，伸手去拉他。他一用力，我就跌到他怀里了，西瓜差点飞出去。

我听到他在我的耳边说："你是甜的，我就能吃到甜的了。"

我的脸"唰"地一下就红了。

老天爷，谁把我的清纯少年带走了？

这个老司机是谁？把他抓起来！

[41]

我们出来旅行一趟，必玩的景点没去几个，电影倒是看了不少。

我想看一部电影，叫《永恒和一日》。但酒店的网络电视上没有，我去网上找资源也找不到。

陈故先生说：“要不我去音像店看看？”

我看着外面的大太阳，觉得要不还是算了吧，就另找了一部电影看，是爱情片，有点狗血，我看得睡着了。

等我醒过来的时候，影片已经放到片尾了。陈故吃着薯片，看得津津有味。

我问：“电影好看吗？讲的是什么？”

他说：“里面的女主影响了男主的事业，女主选择独自离开了。”

我说：“这太狗血了吧！”又问他，“如果是你，你会离开吗？”

他想了一会儿，说：“我可能没那么爱我的事业，我就要你这个人。”

我大笑着，好不容易严肃下来，我谴责他：“你不爱我。”

他盯着我，突然靠近，把我抱在怀里，说：“这么说吧，就算真有这样的事，我也希望我们都不要私自做决定。这是我们两个人的生活，我们两个人的爱情。”

他把下巴放在我的头顶，声音有点低：“知道吗？”

是陈故先生教会我的，在爱情里，两个人都不要有单方面的牺牲。

如果有问题，一起研究它，解决它，越过它。

这才是两个人能长久走下去的前提。

[42]

陈故先生还是去音像店找影片了。

临走前，他站在门口，有点壮烈："如果我这一去未归，你就找个老实人嫁了吧！"

我说："老实人又做错了什么呢？"

陈故想了想，觉得也是。我连忙说带上我吧。外面实在太热了，我们俩在地图上找到最近的音像店，撑着伞，顶着烈日走过去。

音像店开在一条巷子里，老板坐在门口吃西瓜，让我们自己去翻。店里面没开空调，闷热的空气中一点凉风也没有。

周围很安静，我们翻动碟片的声音有点大。

我压低声音，问陈故先生还记不记得读高中的时候，全班一起去租碟。那时候，家里有有线电视的不多，就只能去音像店租碟。

陈故说："记得，你租的是《公主小妹》。"

我也揭他老底："你看《大话西游》。"

于是，我们毫不意外地说起了剧中的台词，全是流行过的。当年读书学的东西我们不记得了，电视剧中的台词倒是记得清楚。

我说：“其实除了一万年和盖世英雄，我最喜欢的台词是那句。”

陈故问：“哪句？”

我说：“我那么喜欢你，你喜欢我一下会死啊！”

陈故笑了：“会。”

我茫然：“啊？”

他说：“怕喜欢你一下会死，所以我喜欢了你好多下。”

我立刻就捂住了脸。大庭广众之下，陈故太犯规了！

[43]

在离开重庆的前一天，我跟陈故先生去了长江索道坐缆车，又去了重庆最长的扶梯。扶梯长一百一十二米，相当于三十一层楼高。

我有点恐高，站在电梯上时腿都在发软，也不敢往下看。陈故扶着我。

我问他当时练习的时候害不害怕。

陈故说：“我学的时候不是很怕，但是首次执行任务的时候有点刺激。”

我问：“怎么个刺激法？”

他说：“上面就我一个人，周围全是空的。不过因为要集中注意力，我也没有时间去想东想西。但是有一次，我在雷雨天气赶上执行任务，挺惊险的。”

一想到陈故曾经在我不知道的地方经历过这些，我的心都揪起来了，我紧紧抓住了他的手。

他宽慰地拍了拍我的手背，说：“我飞到云层下的时候，雨已经下得很大了，降落有点问题。你知道我在喊什么吗？”

我说：“什么？”

他说：“你的名字。”

我心底一酸，脑补当时的场景：乌云蔽日，大雨滂沱，陈故一遍遍喊着我的名字。

后来我把这个场景画下来了，却总觉得我的画笔根本画不出他当时的动人模样。

没关系，我有一辈子可以画他。

每一个动人的他。

[44]

最近的音乐分享。

《再见，昨天》：谢谢你的出现。

陈故先生：这首歌我听过，毕业的那一天，是思念的起点。我本来以为我们重逢后，思念就会终止，可是没有，我将这样满心思念你一生。

分享《平凡的一天》：我感慨，有才的人真好看。

陈故先生：可你最好看。

《成名在望》：如果你心始终信仰，谁又能怎样？

陈故先生：你想我了是吗？

我回复：陈故先生，拜托你清醒一点，现在我看见飞机就是说你吗？不过我确实想你了。

陈故先生：哈哈哈哈哈哈哈！

行吧，隔着屏幕我都能想象出他有多得意了。

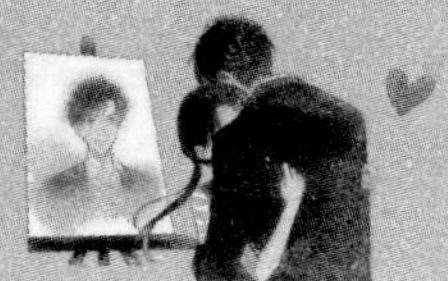

Chapter 2
我刻骨铭心的小事情

TOU
TOU
JIA
KE
TANG

[01]

我读高中时，QQ空间出了一个新功能，叫暗恋。

当时全班都在玩，没有暗恋的人就找玩得好的人。大课间的时候，有好几个大胆的女生说要填陈故的QQ号，还跑去问陈故的意见。

陈故正在补觉，摆摆手："随便你们。"

我心想随便你们肯定也包括我，于是我悄悄地也填上了陈故的QQ号。

第二天，我收到消息。

——您暗恋的以下好友也在暗恋您。

看到消息后，我在被窝里偷乐了好久，然后淡定地去上学。那天正好是陈故带大家早自习，他站在讲台上，看着我进来。

我敢肯定，我当时的脸肯定红透了。

但是我们俩都心照不宣地没提这件事。

后来这个功能下架了，我还觉得挺可惜的，不然我们俩能暗恋到天荒地老。

陈故不同意："我现在不暗恋你了。"

我说："什么？"

陈故说：“我现在明目张胆地喜欢你啊。”

哎呀。

挨过无能为力的年纪，我一定要拥有你，是我最亲爱的你。

这感觉太好了。

[02]

我和陈故先生经常就谁先动心这件事进行讨论。

我找我闺密证明，高二分班后的那年冬天我就喜欢他了。

我问：“你还记得有一天晚自习结束，你车篮子里多出来的笔吗？”

他问：“你送的？”

我说：“嗯。”

当时下晚自习的时间晚，大家都急着回家或者宿舍，就算开着灯光线也暗。我怕被陈故或者其他人发现，一放学就跟我闺密往楼下奔。

到了班级车子摆放区，我找了半天差点没找到陈故的车子。后来终于找到了，我把笔往他的车篮子里一扔，也不知道掉了没有。

我闺密总结：人家送礼物浪漫，我送礼物硬塞。

笔是一粉一蓝的，我怕被陈故发现，没敢在班里用，但第二天也没见陈故用，就有点失落。

我跟他说起这事，他说以为不是我送的，怕我误会，就随手放在家里了。

然后他又说："冬天，也不是很早。"

我说："不不不，还要再前面点。十月有一节体育课，我偷跑回教室那一次，你还记得吗？"

他点头："那天你生日。"

我脸一红，没想到他记得那么清楚。

那天我过生日，想着晚上要去庆祝，不能留作业。体育课自由活动的时候，我就偷溜回班级，结果看到陈故也在班里，拿着手机在玩游戏。

好像是俄罗斯方块，我记得不是很清楚了，当时手机能玩的游戏就那几个，总之声音特别大，特别吵。

我能怎么办？我那么喜欢他，当然是原谅他了啊。

但是现在提起来，我难免会想打他。

陈故先生沉默了一会儿，说："如果那时候你不那么沉迷做作业，看一眼我，就能看到我在黑板的值日栏你的名字后面写了生日快乐。"

我为错过当时的祝福感到懊悔，然后又想起来："你那时候就喜欢我了？"

他说："还要更早。"

"你还记得刚开学的时候，我们学交际舞吗？男生女生一起跳，不是老师指定的谁跟谁跳，而是男生一排女生一排，你对面是谁就跟谁跳。”

“你每天的对面都是我，你没发现吗？”

“我只想牵你的手。”

“还有，那时候班里每天早上都要派人到车棚里把自行车摆放整齐，我每天都去。”

我说：“那时候你每天都去好早。”

“嗯。”陈故说，“因为我想早点看见你。”

好的，我输了，然后我偷偷乐了很久。

[03]

我之所以总想跟陈故先生较劲谁先动的心，是因为我觉得自己当时玩暗恋玩得可辛苦了。

就是你们所能想象到的关于青春期的矫情的事儿，我几乎都干过。

而陈故身上所有的闪光点在我眼里被无限放大，所有的细节在我心上记录着。

我最喜欢他上课时候的样子。有一次月考，他掉了名次，被老师叫过去谈了一个课间的话。接下来的一个月，他听课都极认真，抿着唇记笔记。

他认真的样子太帅了。

紧接着的那次月考，他就考进了前十名。

还有每次轮到我们那组值日，我都到得特别早，就怕他的位置被人抢先扫了。有好几次他都趴在桌上补觉，我过去拍醒他，他抬头看我，睡眼蒙眬的样子让我心动不已。

我还记得高三那年冬天，第一场雪下得特别大。我们班在四楼，三楼有个平台，一下课所有人都往三楼冲，我下去的时候正好看见陈故张开手接雪的样子。

我觉得我那时候矫情死了，满脑子都在想，明年的冬天，陈故还会在我的身边吗？

后来雪下得实在大了，学校取消了晚自习。

我和闺密推着车子，装作不经意地跟在陈故和他朋友的后面，大雪纷飞，被路灯照得清晰。

我觉得我一辈子都不会忘了那个场景。

再后来，我和陈故重逢后，我们去北国看雪，我跟他说起这件事。

他突然把我抱在怀里。

他的声音从头顶传来。

"我知道你在后面，也想抱你，可没有鼓足勇气。"

"你没发现，那天我走路特别慢吗？"

"我想等等你，因为怕你丢了。"

我的眼眶一下子就红了。

冰天雪地的，陈故还让我哭，居心叵测。

可是还好我没丢。

[04]

我暗恋陈故的事情，是高三上学期期末被班主任发现而败露的。他看到了我跟陈故上课传字条，以为我们在谈恋爱。

我和陈故都被叫到办公室谈话，字条摆在桌子上，班主任拍着桌子让陈故念字条上写了什么。

陈故说："老师，这都是画。"

班主任吼："你给我看图说话！"

我本来吓死了，被这段对话逗得差点笑出声。陈故拿起字条开始看图说话。

"这里画了一只鸟，象征着我想要自由飞翔的心情。"

"江迢迢同学画了一朵玫瑰，象征着……"

"象征什么？"

"她画画真的很好。"

我和班主任都无语了。

反正最后老师也不知道我们的字条上写了什么，而我因为成绩一直不错，甚至被叫了家长来学校。

我妈从办公室出来，还特意来教室看看是哪个小子诱导她家女儿。我怕她打陈故，拉着她辩解："我们没有谈恋爱，我只是单相思。"

等我妈走后，我回到座位上，发现陈故跟人换位置坐到了我的后面，我没理他。

他戳我，我回头瞪他。

他说：“刚刚你说的话我都听见了。”

我说：“哦。”

我丢人丢大了。

他右手转着笔，左手托着下巴看着我，喊我：“江迢迢。”

我没好气道：“干吗？”

他说：“我们是没有谈恋爱，但是你不是单相思。”

话说完，我们俩的脸都红了。

[05]

那天，陈故在我后座坐了一下午，我全程心不在焉，最后放学了，等所有人都走了，我才回头跟他说话。

我问他：“你给我传一张字条，画一只那么丑的鸟干什么？”

他坐到桌子上：“哪里丑了？”

我默默地看着他。

“好吧。”他说，“那你回一朵玫瑰是什么意思？”

我一直很喜欢陈故的眼睛，他的眼角有一颗小雀斑，像泪痣又不是，显得很灵动，尤其是现在眼中有促狭的笑意，一副很得意的样子。

他太好看了。

我承受不了，没出息地红了脸，有点恼羞成怒的感觉，说：“王尔德的童话你看过没有？《夜莺与玫瑰》。”

陈故摇摇头。

于是，我就给他讲了这个故事。讲完后，我才发现居然错过了晚饭的时间，还有十分钟就晚自习了。

我说：“不跟你说了，我去买一个面包，你要不要？”

“等下。”陈故回到他的座位上，从书包里拿出面包递给我，说，“我给你画一只鸟，确实想表达的是自由。你给我一枝玫瑰，我不承认是那个童话故事里的玫瑰。”

我说：“那你想怎么样？”

他说：“我默认为那是你送我的花。”

他说：“我接受你的花，我们谈恋爱吧，迢迢。”

那时候的陈故臭屁，明明是主动说要在一起的人，却摆足了骄傲的架势，特别欠揍。

我愣住了。

陈故又说：“江迢迢，你不会不同意吧？”

我也不知道怎么想的，说：“我们不会有好结果的。”

他说：“为什么凡事都要有一个结果？你就告诉我，你难道不希望我的初恋是你吗？”

要什么完美结局，我要成为你的初恋，你刻骨铭心第一次相爱的人，你这辈子都忘不掉的那份少年时代的喜欢。

我提了一个更大胆的建议，跟陈故说不如谈一天的恋爱吧。

我觉得能和自己喜欢的人在一起，哪怕只有一天，这个诱惑力也太大了。

我想看陈故的另一面，对着女朋友的另一面。

[06]

我和陈故谈恋爱那天是周一，正好升旗。

早自习取消，学生来学校后就直接到操场上排队。我先到的，升旗必须穿校服，而我们学校的校服又特别丑，红白相间，要多土就有多土。

我心想恋爱第一天就穿这么丑的衣服，怪不得要分手。其实，我那时候还没有多伤感，就觉得像闹剧，跟闹着玩似的。

约好谈一天恋爱，结果这天还要上课，然后都穿着一件这么丑的衣服。

陈故就是这时候来的。

他也穿着校服，因为个子高，长得好，这么丑的校服硬是被他穿出了一种潇洒、利落的帅气来。

他看着我，穿过人群朝我这边走来。

我当时突然冒出来一个想法：这个人是我的，在这一天，完完全全、真真正正只属于我一个人。

我的心跳一下子就加快了。

陈故顶着旁人的目光走到我面前，伸出手掌放在我的脸上。

我有点傻，但也能听到同学们惊诧的声音。

陈故说："我的手凉不凉？"

我说："有点。"

他说："我今天去你家门口接你了，你居然走那么早。"

我说："你没说来接我啊。"

陈故点点头："我以为这是男朋友必须要做的事。"

我的脸一下子就烧了起来，这时候老师还没来，有人听到陈故说的话在起哄。陈故另一只手抬起来，是两份早饭。

他说："我没吃早饭，等升旗结束后你跟我一起吃。"

陈故先生的恋爱观从高中就是这样了，把所有美好的事都攒下来，跟喜欢的人一起做。

他觉得那样的话美好会加倍，将成为两个人的美好。

升旗仪式结束后，有十分钟的休息时间，我们俩坐在操场的乒乓球台子上吃早饭。

冬天天亮得晚，太阳也才升起来没多久。我们俩晃荡着腿，丑丑的校服裤子还宽大，随着风晃动，呼呼地灌风。

我很清晰地认识到，我在谈恋爱，和我最喜欢的那个人。

这种感觉太好了。

陈故突然说：“嗨，江迢迢，今天我是你的。”

我的心一直在狂跳，大冷天的脸特别烫，但我还是回了他：“嗨，陈故，我今天也是你的。”

我的声音很小，但我还是说了出来。

[07]

上午有四节课，两节物理，两节英语，两个老师都还挺喜欢拖堂的，导致我们俩课间也没说上几句话。

英语第二节课下课后，有几分钟可以休息。我趴在桌上补觉，上课铃声响起的时候，我抬头往陈故那里看去。

结果看到的是我的同桌，我觉得自己眼瞎了。然后陈故的声音在我身边响起：“你在找我吗？”

我惊了一下，回头发现陈故就坐在我旁边。这时候英语老师已经进来了，我小声问：“你怎么在这儿？”

陈故边打开书边说：“方便我看你啊。”

我脸一红：“你在后面不也能看见我？”

陈故改口：“那方便你看我。”

于是，我真的控制不住地想看陈故，老师讲了什么完全没听进去。陈故就更大胆了，他把英语书竖起来，嘴上跟老师一起念单词，眼睛一直看着我。

我被他看得有点不好意思，忍不住在桌下戳了他一下：“听课。”

他小声说："我听着呢。"

然后他又问："中午吃什么？吃你经常吃的那家馄饨，还是吃你说挺好吃的炒面？"

我问："你怎么什么都知道？"

他说："因为喜欢呗。"

现在想想，那时候的陈故先生就拥有了随口说来的情话，特别不靠谱。

但是我听着开心。

结果乐极生悲，陈故被点名到讲台上默写单词，老师也认识他，一脸奇怪地问他怎么换位置了。

陈故胡说八道："我找江迢迢帮我辅导英语。"

老师说："哦，你上来吧。"

我在下面笑得趴在桌子上，陈故下来还跟我生气："有你这么当女朋友的吗？也不替我担心。"

我以为他真的生气了，连忙摇摇头，他还绷着一张脸，我拽着他的袖子晃了晃。

陈故突然就笑了，说："听课。"

过了一会儿，一张字条就递过来了。

陈故的字只能算一般好看，但胜在有力。

字条上面写着：你以为我因为这点事就生气啦？别想多了，就一天，我喜欢你还来不及，怎么会生你的气？

他那句"我喜欢你还来不及"，一下子戳到了我的心坎里。

这个时候，陈故又递过来一张字条：我想了想，就算是一年，我也觉得喜欢你还来不及。

我感觉自己像吃了一颗糖，从嘴里一直甜到了心里。

陈故甜，这一天的恋爱甜。

[08]

我跟陈故第一次约会，就是中午一起去吃饭，挑了馄饨。

馄饨店在学校后面，即使人多，也就十分钟的路程。刚下过雪，化雪的地有点滑，我走得小心翼翼。

陈故拉住了我的手，像触电一样，我感觉到那只手已经不属于自己了。

校服的袖子有点长，陈故的手伸进来，有点凉，又有点热。一路上都没人说话，明明周围很吵，而陈故没有说话，我却觉得他才是实实在在的。

到了馄饨店，陈故放开了我的手去点菜，刚走了两步他又回头："我们应该去吃炒面的。"

我问："炒面那家不是离得远吗？"

他点点头："嗯，这样我就能多牵一会儿你的手了。"

[09]

也就一个上午的时间，好多人都知道我和陈故在一起了。也许我就存着这样的心思，想向所有人宣告这个人是我的。

甚至在下午的体育课上，有人喊陈故去打篮球，陈故摆摆手，捞起校服外套："我哪儿有空跟你们打球，陪我女朋友呢。"

然后他就朝我跑来了，我被几个女同学围起来"盘问"怎么不声不响谈恋爱了，他伸手拉住我的手腕："打扰一下，打扰一下，我的人我先带走了。"

身后的起哄声完全不在我们的听力范围，陈故也没松开我的手腕，一直到人看不到的地方。

他低下头，问我："你知道我带你来这儿做什么吗？"

我说："谈恋爱？"

陈故曲指轻轻弹了弹我的额头："小同学还很聪明。"

他又说："你要我亲你吗？"

我抬头："啊？"

他笑了笑："那我就不客气了。"

他俯下身，别过脸，唇印在我的左脸上，一片滚烫。

我突然觉得我的心跳不属于我了，属于他。

[10]

那个吻之后，我和陈故很长时间没有说话。

之所以记得这么清楚，是因为在我和陈故没有联系的五年里，我无数次回忆过当时的情景。

一遍又一遍，每一个细节我都不愿意放过。

我们俩在没人看见的角落里，在这个吻之后，靠着墙发呆，不说话。

外面在化雪，水滴答滴答的，让寂静更寂静。

陈故突然说："你看咱俩像不像罚站的？"

我说："还挺像的。"

陈故低着头，脚点着地，一下下数着无规律的拍子。他说："高二有段时间，我还挺想跟你一起罚站的。"

高二有个科目的老师特别严，课堂上不准做的事太多了，一不小心就被叫出去罚站。有一次班里一对情侣被请出去了，两个人在外面一点也不像罚站，跟约会似的，能聊天还能拉小手。

然后就有同学故意犯错误，就是想出去放风。陈故也做过，上课上一半上烦了，睡觉被抓，出去罚站。

我那时候就坐在靠走廊的窗户边，陈故站在窗边，被墙挡着身子，转过脸冲我笑。

他笑得眼睛都弯了。

结果那节课我也没上好。

我问他："你当时对我笑什么啊？"

他笑着说："我听过一句话，'你一笑，乱我心神'，就想试试来着。"

陈故说得没错。

他一笑，乱我心神。

[11]

体育课结束前十分钟，体育老师吹哨子让我们集合跑八百米，男女生一起跑。

我运动细胞缺乏，没跑一百米就不行了。我慢吞吞地跟着大部队，陈故跟在我后面，喊我："江迢迢，跑啊！"

我喊："跑不动！"

他跑到我跟前，说："你以前不是跑得挺厉害的吗？"

我想了想，我之前确实跑得还行，但这个是有原因的。

以前我们也是在一起跑，陈故跑得特别快，就是那种我一圈没跑完，他第二圈已经追上我了。第二圈刚开始，他跑得不快，离我特别近，我就咬着牙追他。

我在内心给自己加戏：为了追这个人，我也要坚持下去，他就在前面等我追上去。

所以我理所当然地就能跑得快一点。

现在好了，他就在我旁边，我追谁去？

我跑着步，累得要死，也就没跟陈故说这些。等到终于跑完步，陈故已经买好了奶茶在终点等我了。

那一幕我记得特别清楚。

在最后差不多五十米的地方，我头晕目眩地跑着，红色的塑胶跑道在眼前晃啊晃啊晃，冬天的风又特别冷，直往耳朵里灌。

陈故站在终点朝我挥手，还喊我的名字。

“江迢迢！江迢迢！江迢迢！”

同学们还在起哄，叫个不停，特别热闹。

我跑到终点线，一头栽进了陈故的怀里。校服的布料特别软，陈故的怀抱也特别温暖。

我差点哭出来了。

陈故把奶茶塞到我手里，拍着我的背，特别温柔的那种。

后来陈故说，他真恨当时没有摄影师，没把我扑到他怀里的那一幕拍下来，好留给他私人珍藏。

我觉得丢人！

不过我也有点遗憾，因为那天有太多值得纪念的东西了。

[12]

晚自习老师去开会了，班级里闹腾得很。我趴在座位上写老师留的作业，陈故坐在我旁边在草稿纸上画画。

我写完一道题去看他在画什么，他还遮着不给我看。我想，不给我看就不看吧，我就不信到最后他也不给我看。

过了一会儿，陈故丢过来一张字条，上面写着：请问这位同学，你还要写多久作业才能看看你的同桌呢？

我回头去看他，他故意转过头看外面，不理我。我在字条上写：恋爱不能耽误学习。

陈故回：你说得很有道理，但是多看我一眼不会耽误吧？

我看完后，没回字条。趁着课间，我看着陈故，盯着他看了一会儿。他受不了了，趴在桌上，只露出一双眼，说："你还是别看我了，好好学习吧。"

我觉得陈故太可爱了，明明穿的衣服跟其他人没什么区别，长得也就好看那么一点点，就可以随随便便支配我所有的情绪，简直太犯规了。

等上课以后，我继续写卷子，陈故也乖乖地在我旁边复习。后来我的好朋友跟我说，我们俩那节课相处得特别和谐，安静地做自己的事，但是知道对方就在触手可及的地方，心里特别踏实。

好像我们这样就可以一辈子。

我当时就在想，要是这节晚自习不会下课就好了，永远停留在这一刻，我们的关系亲密的这一天。

最后下课铃声打响，我跟陈故都没有动，等同学陆陆续续走得差不多了，陈故说：“我送你回家吧。”

这是我的青春期里，陈故第一次光明正大地送我回家，也是最后一次。

[13]

陈故有个好朋友，也是我们班的，姓宋，暂且叫他宋同学吧。

宋同学是一个特别活泼开朗的男生，就是那种跟谁都能打成一片，特别像言情小说里的阳光类型的男主角。用他自己的话就是：“春风得意，鲜衣怒马，少年时。”

就这样一个外向的人，居然在搞暗恋，真的让我惊讶了。

我是这天晚上才知道的。晚自习结束后，陈故送我回家，宋同学正好顺路。我跟陈故都不急，陈故推着自行车在我旁边慢慢地走。

宋同学在旁边羡慕，说什么“啊啊啊啊，你们怎么就在一起了？陈故，你怎么说谈恋爱就谈恋爱了啊？”之类的话。

陈故有一茬没一茬地搭着话，走到一个小区的时候，宋同学突然停下来了。

他当时停下后，仰头往小区里看，嘴里还念念有词。我仔细听了听，好像是在数楼层。

陈故说：“人家肯定到家了，你不用数她也到家了。”

宋同学没说话，过了一会儿才说：“灯是亮的，她应该还在写作业吧，太辛苦了。”

我问：“谁啊？”

宋同学说了一个名字，是隔壁班的女生，校花级的人物，学校里有一半的男生喜欢她。所以宋同学的暗恋很心酸。

宋同学说：“唉，晚自习我就多睡了一会儿，就错过送她回家，真是悲惨。”

陈故说：“明天你再送她回家，反正日子还长。”

宋同学说：“你懂什么！离高考还剩两百来天，中间还有寒假和周末，送一天少一天。”

我跟陈故对视一眼，又匆忙地避开彼此的目光。

宋同学说者无心，我跟陈故都听了进去。

是啊，离别的日期是固定的，不管你情不情愿，它就在那里，一点点逼近。

过了好一会儿，宋同学说：“走吧，明天课间我多看她两眼。”

我突然也想多看陈故两眼。

[14]

宋同学先到的家，后面的路我和陈故也默契地没有骑车，就一路走过去，聊些轻松的话题。快到我家巷口的时候，陈故停下来了。

他说：“你爸爸在门口等你。”

自从我开始上晚自习，每天晚上都跟住在附近的同学一起上下学，我爸就在家门口等我。陈故要是再往前送我，就要被我爸发现了。我点点头，说：“那我走了。”

那时候气氛很微妙，路灯灯光昏暗不定，我看着我和陈故的影子交织在一起，心情也很复杂。

说好了只谈一天恋爱，明天就恢复同学的身份，这一天好像做了很多事，又好像什么都没做，一不留神就到了分开的时候了。

陈故忽然说：“我能抱抱你吗？”

我点头。

他上前一步抱住了我，手放在我的后脑勺轻轻拍了拍，说：“早点睡。”

然后他放开了我。我往前走，在快到家的时候，我还是没忍住回头去看他。他像是知道我会回头一样，扬起手朝我挥了挥。

他站在路灯下，我看得不是很清楚，但是能看出来是笑着的，笑得特别好看。

我感觉我一定被风吹了眼睛，不然回家后怎么会哭得那么惨？

我以为晚上会梦到陈故，但是其实那天晚上我什么也没有梦到。就早上半梦半醒间，我想起我和陈故坐在乒乓球台上，他对我说："嗨，江迢迢，今天我是你的。"

我想，原来我多么希望"今天"永远也不会结束。

我多么希望这个少年每一天都是属于我的。

[15]

宋同学喜欢的女生姓肖，我叫她肖姑娘好了。

在那天晚上之后，我跟陈故莫名其妙地连对视都很少了。而我和宋同学莫名其妙地熟起来了，他坐得离我很近，一下课就神神道道地往外跑，有时候老师拖堂，他就趴在座位上哀叹。

我也想通过他知道一些陈故的事，就常跟他说话。他属于自来熟，一打开话匣子是绝对收不住的。

我问："你刚刚去看她了吗？"

宋同学摇了摇头，严肃地说："不行，我不能总去，太刻意了，会被隔壁班的男生嘲笑的。"

我觉得那时候的暗恋真的很奇怪，就是如果一旦有机会，绝对会放下自己所有的尊严去爱，但是稍微给一点苦头，自尊心就噌噌噌往上涨，唯恐被人嘲笑，被人背地里说。

宋同学就是这样，他周末会抱着一桶棒棒糖跑去肖姑娘家的小区，“贿赂”小区里的小孩，帮他打听肖姑娘的事儿。但是经常一桶棒棒糖没有了，他还是什么都打听不出来。

最后，他就让小孩帮他去把棒棒糖给肖姑娘，再偷偷溜走。

我笑着说：“你这样好可怕，如果再丑一点就有人报警了！”

宋同学点点头，说：“还好我长得不像一个坏人。”

他跟陈故不一样，陈故阳光爱笑，他则是从外貌上就像一个积极向上的大男孩，好像什么都打不倒他。

我提议：“那你写情书，我去帮你送。”

宋同学说：“不行不行，那样就没有感觉了。”

我问：“什么感觉？”

他说：“就是暗恋的感觉啊，我不像你和陈故，你俩是两情相悦，心里有底。我心里一点底也没有，除了被拒绝根本就没有第二条出路，所以还是不要让她知道好了。”

他当时还说了好多，我记得不是很清楚，但是一下子让我觉得他是一个非常通透的人，表面上大大咧咧，但是心里什么都有数。

我问：“你一个人去她的小区吗？”

宋同学说：“我有时候会带陈故去。你知道他干什么吗？”

我问："干什么？"

宋同学说："他跟小朋友一起吃棒棒糖。"

我笑得不行，下意识去看陈故，看到他也在看我，我的脸一下子就红了。

我再仔细品味一下宋同学说的"两情相悦"，觉得这个成语太甜了。

[16]

我跟陈故真的很久没有说过话，同学们都以为我们俩闹着玩，怎么说谈就谈，说分就分。其实，我知道我们两个人的想法——觉得不甘心吧，没办法再进一步，但是谁也不肯往后退一步，只能僵在那里。

宋同学就成了我们两个交流的桥梁，我听宋同学的暗恋心事，宋同学跟我说陈故的事，明明就在一个教室里，陈故却仿佛在天边。

宋同学说："你们两个也就隔了几米，还不如我喜欢的人在隔壁教室呢。"

我无力反驳。

但是奇怪的是，我和陈故的成绩非但没有下滑，反而还进步了几名。

我记得高二刚分班的时候，陈故的名次很高，但是他喜欢玩，一段时间不学习，成绩就降下去了，被老师叫去办公室谈话。

回来的时候，他走到我面前，说："江迢迢，班主任叫你。"

我当时就蒙了，怔怔地看着他，好半天才想起来要去办公室。他忽然就笑了，说："我逗你的。"

我后来问陈故，为什么班级那么多人，大家都不熟，我们也不是坐一起的，他怎么就想过来逗我。

陈故说："我看你乖乖地坐在那里，就是想逗一逗。"他想了想，又说，"就像有一次你发呆，被老师叫起来回答问题，我隔了好几排，也想告诉你答案。"

我记得那次，由于陈故提醒的声音太大了，老师说："陈故知道是吧？来，你来回答。"

最后他也站起来了。等下课的时候，他来找我，说："江迢迢，我可是因为你被老师叫起来的，你打算怎么报答我啊？"

其他同学听见了他的话，都在起哄，说什么"以身相许"之类的话，我不是很会说话，说："要不我把笔记借给你？"

陈故愣了一下，然后把我的笔记本拿走了。

他同时拿走的，还有我的一颗怦然跳动的少女心。

[17]

我和陈故不说话大概有一周吧，宋同学突然递给我一张折得很整齐的纸，说："陈故给你的。"

我的心一下子就狂跳了起来。唯恐被别人发现，我趴在桌子上偷偷地打开字条。陈故的字没有刻意练过，普普通通的男孩子的字体，薄薄的一张纸上写满了话。内容我记不清了，就是一些流水账，没有特定的主题，但是他把我想知道的事情都说了。

我那时候觉得，我根本就不想听什么甜言蜜语、海誓山盟，我就想陈故能跟我分享他的生活。

我把信看了几遍后，晚上做完作业后给陈故回信。我写的也是琐事，连我中午吃了可难吃的菜也不落下。第二天，我把信给宋同学，宋同学再帮我给陈故。

事情很微妙，我们不说话，却在偷偷联系，知道彼此的一切。

后来这些信被我销毁了，陈故还不高兴了很久。他质问我："你是不是觉得咱俩没戏了，所以才那么决绝？"

他猜对了，其实刚毕业的时候，我还没有那么绝望。后来看我们高中谈恋爱的同学一个个因为异地分手了，我就觉得特别难过。人家感情那么好都能分，我和陈故又算得了什么？于是我找了一个时间，非常有仪式感地把那些信都烧了。

陈故听我说完后，把我抱在怀里，说："其实你的那些信，我也很少翻出来。"

毕业后的我和陈故，分隔两地，想起对方就像想起一道怎么也抹不去的伤疤，特别心酸。我问他："那你还留着那些信是吗？在哪儿？给我看看。"

陈故把信留在了家里的卧室中，我说回去给我看看。我感觉好傻，写封信像在写日记。陈故说他留了一封信随身带着。

他把钱包翻出来，里面夹了一张细长的字条，是从信纸上撕下来的，是我的字，写着：陈故，我还是喜欢你。

这句话大胆直白，看得我脸都红了。

陈故说："这些年，我也就靠这八个字维持生命了。"

[18]

其实，陈故的话说得很对，高三那段最难的时间，我也完全是靠他的信维持生命。宋同学还很羡慕地跟我说，他也想跟喜欢的人通信。

我鼓励他："你给她寄信啊。"

宋同学还真的写了一封匿名信放到学校的收发室。那时候，从收发室收信其实也是一件挺新奇的事，新奇得有点浪漫。所以这事很容易就引起了肖姑娘的注意力。有一天，宋同学兴奋地冲进教室，冲到陈故面前，脸都涨红了。

陈故听他说完，眼前也是一亮，朝他竖了一个大拇指。我感觉他整个人都被点亮了，有人喊：“宋同学，有什么好事？”

宋同学跟人调侃，但是一点也不往正事上扯。等第二节课下课后，我才知道肖姑娘给他回了一封信，放在收发室，不枉费他每天课间都去收发室蹲着。

我问：“她写了什么？”

宋同学说：“鼓励我……好好学习？”

他还有点委屈：“江迢迢，为什么她不跟我说她早上吃了什么，午饭吃了什么，有什么苦恼啊？”

我笑得半死，说：“她都不知道你是谁，怎么说？”

宋同学失落了一上午，中午跟陈故吃了顿饭，下午就好了。过了几天，宋同学说他和肖姑娘正式成了笔友，但是信不放在收发室了，放在肖姑娘家小区外的一棵树下。

他嘚瑟道：“浪漫吧？我现在就要去买最漂亮的信纸，嘻嘻嘻。”

我问他：“她知道你是谁吗？”

宋同学摇了摇头，说：“不知道就不知道呗，反正我也不指望她喜欢我。”

他说得很坦然，不想以后，只看现在。

那次月考，宋同学考进了年级前两百名，因为他答应肖姑娘要好好学习。

爱情的魔力真奇妙。

[19]

之前我说过，高二的时候，学校组织我们学交际舞，我和陈故一起跳的。当时我们学是学了，但是没有人来看，又因为怕耽误学习进度，就没再跳了，也没有展示过。

谁能想到，过了一年，老师突然说会有人来看学生跳舞。再找高二的学生学习已经来不及了，就找我们这些学过的学生进行紧急训练，所以每次课间，我们都要到操场上把交际舞跳两遍。

我和陈故还是站在一起。

老师还是以为我们俩谈过恋爱，怕我们“旧情复燃”，所以当时还犹豫了一下，想把我和陈故调开。结果，陈故不知道找老师说了什么，老师就没把我们调开了。

跳舞的时候，我问陈故跟老师说了什么，陈故故弄玄虚：“你猜？”

我一脚踩在他的鞋子上。

他疼得差点叫出来，好一会儿才交代：“我说，老师，我就不信你高中的时候没喜欢过人，有这么光明正大拉她的手的机会，你错过了，不能也让我错过吧？”

我说：“然后老师就同意了？”

“怎么可能！我要是这么说，他得杀了我。”

我被他气死了，问：“你到底说了什么？”

陈故笑着说：“我跟他说，我不太会跳舞，得靠你带着，别人带不起来。”

他带着我转圈，笑起来特别好看，他说：“江迢迢，你可要好好带带我，不要辜负老师的期望。”

实不相瞒，陈故跳得比我好多了，他带我还差不多。不过他既然这么说了，我就勉强带带他好了。

[20]

每年元旦放假前一天的晚自习，都会改成娱乐时间。班级可以自己庆祝，老师不参与。但是今年高三，我们班主任严令禁止一切娱乐活动，全部自习，他来看着我们。

其他班有庆祝的活动，特别热闹，就我们班安安静静的。大家都没有心思学习，表面上在好好写作业，但是一直听着外面的动静。

等到第一节课下课后，班主任回办公室了，我们班立刻就炸了。有同学去关灯，一会儿开一会儿关，像是闪光灯一样，整个班都嗨起来了。我属于嗨不起来的那种人，被同学拉着转圈圈，一脸茫然。

然后灯一闪一闪的，我的身边就换了一个人。

陈故不知道什么时候走到我面前，借着黑暗把我从同桌的手里抢了过来。他抓住了我的手，对我喊：“虽然新年还没到，但是，江迢迢，新年快乐！”

我想我永远都不会忘记，那天晚上在人群中，我和他牵手的时候，我的心跳加速。

扑通扑通地，我感觉心脏随时会跳出来。

[21]

元旦我们只放了一天假，作业却布置了一大堆。假期结束后就要月考了，所以有的同学就商量着去学校自习。我也去了，到的时候陈故已经在教室了。

没有老师管着，我们当然是想坐哪里就坐哪里了。陈故就坐在我同桌的位置上。

我走过去，说：“××（我同桌的名字）今天不来吗？”

陈故指着靠窗的位置说：“我给她留好位置了，你看，那里能晒到太阳，特别暖和。”

我拿他没办法，坐下来开始写作业。我们班纪律还不错，来自习的都是成绩比较好的人，写作业都安安静静的。

新年的第一天，太阳特别好，阳光洒在玻璃窗上，有一抹照在陈故的袖子上，光影特别美好。我写完了一门作业，还没打下课铃，就在作业本上拿圆珠笔偷偷地画他。

陈故突然说：“你画得好看吗？”

我吓了一跳，连忙去盖住画：“你说什么？”

陈故抬起头，说："你刚刚一直在偷瞄我，不是在画我吗？给我看看。"

我坚决不给，陈故硬要拿，我们俩动静一闹大，桌上的本子、书都掉到地上了。所有人的目光都看过来了，宋同学还吹了一下口哨："你们干吗？要打架回家打。"

我闹了个脸红，把本子丢给陈故。其实我当时的速写水平也就那样，最多画得神似，陈故却小心翼翼地保存下来，夹在书里。

中午吃饭回来，我还看到他跟宋同学炫耀。宋同学一脸无语，说："我就没见他这么幼稚过。"

[22]

元旦过后就是月考，老师批改卷子的速度也快，基本上头天考完，第二天成绩就出来了。我和陈故考得还不错，但宋同学就比较惨了，有一门考得很不好，拉低了整体的分数，班级排名下滑得很厉害。

他的情绪分明，一不高兴起来，下课也不出去玩了。我就去开导他，说现在心情不好，但可以出去看看你的肖姑娘换一下心情。

谁知道一听肖姑娘，宋同学更沮丧了，说："我跟肖姑娘说好的，我要是没考到班级前十五名，她就三天不理我。我会死的！"

我给他出主意："你要不骗骗她，反正她也不知道你是谁。她还不知道你是谁吗？"

宋同学说肖姑娘应该还不知道他是谁。肖姑娘很遵守他们约定的时间，两人一个早上去树洞下，一个晚上去。

我问："你为什么不让她知道啊？"

宋同学长得不是特别好看，但是看着令人很舒服，是看着肯定就会喜欢的少年。可能是因为太喜欢，再好的人都会自卑吧。他每次在夜深人静的时候去拿字条，确保肖姑娘看不到他。

宋同学说："有了欺骗，就不美好了。"

他说的这话我印象很深刻，已经能看出他很沮丧很难受了，撒一个小谎什么都解决了，但是他没有，他在用自己的方式守护年少时美好的爱情。

我以为接下来的几天宋同学都会回不过神来，谁知道第三天早上，我到班级的时候，就看到他喜滋滋地跟陈故说话。看到我来了，他马上跑过来说："江迢迢，我恋爱了！"

我蒙了："啥？"

宋同学挠了挠头，说："也不是，我不早恋。哈哈哈！"

我这才知道，原来宋同学昨天晚上狂刷题到半夜，心血来潮去了他们的树下。本来只是随便看看，谁知道他居然翻出来肖姑娘写给他的信，她写了这两天的琐碎日常。

最后肖姑娘说：“我觉得我还是不舍得不理你。”

[23]

陈故拍照不喜欢笑，我从其他人那里抠来的大头贴里，他没有一张是笑着的。就连证件照上，他也是面无表情的一张帅脸。

寒假的时候，快过年的某一天，我妈把我的手机给我，我赶紧群发祝福，还把我藏在文件夹里的陈故的照片拿出来看。

陈故给我回：新年快乐。

我趁机说：你拍照的时候为什么不笑啊？

陈故说：我没笑吗？

我说：嗯嗯，你没笑，每张都很严肃。

陈故好久没回我，后来发过来一张彩信，但是我的手机完全不智能，根本打不开。我问他：你发的什么？

陈故说：你不认识我了吗？

我一怔，想起我说想看他笑的样子。

我千方百计想要看到那张照片，又执拗地不肯让他再发一遍。我一遍遍地开机、打开彩信。

可是不管我怎么努力，时至今日，我都不知道那天的那张照片里，他笑得有多么好看。

我还是有点意难平吧。

[24]

我记得陈故高中最后一次打篮球是在寒假过后。班主任在班会上给我们狠狠地灌了一壶鸡汤，把大家整得热血沸腾，恨不得当场就做一百套模拟题。

开完班会领完书，走读的学生就可以回家了。陈故抱着篮球在班级里吆喝：“同学们，一起去打篮球啊，最后一场！”

喜欢打篮球的男生都把书一丢，闹哄哄地跟陈故出去了。女孩子们也是，反正没事干，也都跑到操场上看比赛。

我们班跟隔壁班比赛，也就是肖姑娘那个班。宋同学表现得特别卖力，连进了几个球。他兴奋地绕篮球场跑了几圈，还朝场外挥手，引得一阵阵尖叫声。

肖姑娘长得真的很漂亮，即使不化妆在人群里也特别显眼，而且人还活泼可爱，一直在喊加油，当然是为他们班的男生加油。

不是什么正规比赛，也就没有输赢。等比赛结束后，陈故和宋同学下场坐在我们班中间，有人递上水，陈故仰起头喝了几口。十八岁的少年，大汗淋漓，喉结分明，特别有那种少年感。他抹了一把汗，挑眉看我：“江迢迢，我厉不厉害？”

厉害厉害，他进了三个球，打球的姿势还很帅。

当然了，在那么多起哄的声音里面，我肯定没说出来，说：“散了散了。”

当时住校的快上晚自习了，我们走读的就一个个走了。陈故推着自行车，跟在我和我闺密后面，我一回头他就笑，我也忍不住笑，最后笑成一团。

从学校到要分开的那座桥大概有三百米远，我想，要是我们能一直走下去就好了。

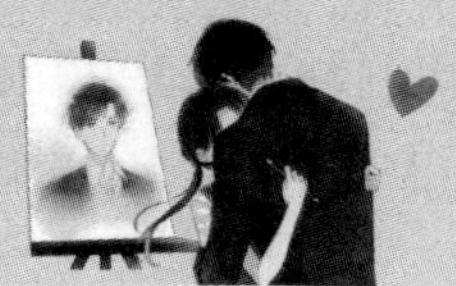

Chapter 3
今天也很喜欢你

TOU
TOU
JIA
KE
TANG

[01]

有段时间，我因为甲方要稿要得很急，所以疯狂赶稿，就连去隔壁吃饭都没时间了，每天中午就对付两口。

我赶稿的时候还好，等晚上洗完澡躺在床上了，陈故先生便开始啰唆了。

“你这两天太拼了。”

“我听说日本有个漫画家猝死了。”

“你要注意休息，至少要好好吃饭，我早上给你留的饭你就没吃。”

“下次我带你回家，你要是瘦了，咱妈肯定会打我的。”

“当然了，我也会打自己。”

我忍不住笑出声。

陈故抱住我：“你还笑，你爱不爱我？”

我说：“这么直白吗？”

陈故说：“快说！”

我说：“好好好，我爱你。”

陈故说：“嗯，你爱我就好好把我喜欢的人照顾好。”

我有点害羞，红着脸答应了。

然后第二天，我依旧没空吃饭。

陈故这次火了："江迢迢，你不吃饭，对得起我每天早上起来做饭吗？"

我当时正忙着，没空好好跟他说，也朝他吼："你知道我有多忙吗？"

他说："这就是你糟蹋自己身体的理由吗？这就是你糟蹋我心意的理由吗？"

我说："什么糟蹋你的心意，这不是你甘之如饴做的吗？"

陈故先生沉默了一会儿，我自以为吵赢了，嘚瑟地继续画画，陈故才说："什么是甘之如饴？"

我气结："自己百度去！"

然后陈故拿出手机，大声问："Siri，甘之如饴是什么意思？"

Siri：人感觉像吃糖一样甘甜，乐于承受艰苦。

我觉得好丢人！

陈故说："那……我是真的甘之如饴了。"

我笑了出来。

陈故板着的脸一秒破功："好，这个成语总结得很好。"

我喜欢你，甘之如饴。

[02]

我以前就追星，后来“男朋友”不知道换了多少个。陈故先生刚开始还会吃醋，后来看到我的屏保又换了，只会来一句：“哦，你又换男朋友了？”

然后我就开始跟他说我追的人多好多好。有一天，我正跟他说着我新追的明星，他突然打断我，说：“哎，你知道吗？”

我问：“什么？”

他说：“我老婆特别可爱，她画画特别好看，我特别喜欢她笑起来的样子。”

我满脸疑问：“你为什么突然吹我？”

陈故一本正经：“你在吹你喜欢的人，礼尚往来，我也应该吹我喜欢的人。”

我的脸一下就红了。

还有一次，我的爱豆代言了一款酸奶，我懒得出门，让陈故回家时买给我喝。结果他买错了，不是那款有我爱豆照片的酸奶。

我堵在门口不让他进门：“说好的把我老公带回来的呢？”

他挤进来：“我这不是回来了吗？”

我无语了。

第二天，陈故不但把酸奶带回来了，还买了很多，得有十条。我惊呆了："你买这么多酸奶，我得喝到什么时候去？"

陈故说："超市的人说了，买十条酸奶送海报。"他把海报给我，说，"你能想象超市的人看我的眼神吗？"

我脑补了一下，陈故那么严肃的一张脸，跑去超市问"×××代言的酸奶在哪儿买""买多少送海报啊？那我买"。

超市人员：这×××真火！

我忍不住笑出声，这反差也太萌了吧！

[03]

我不太会收拾行李，搬过来之后，东西放在行李箱里，用什么拿什么，然后再摆在该摆的地方。有一天，陈故先生放假，收拾家里，就要把我所有的东西归置好。

我也不知道他什么时候这么啰唆了，边收拾边说话。我敷衍地在旁边帮倒忙，突然想起来我把之前的相册都拿过来了，于是让他帮我找出来。

东西收拾到一半，我俩看起了相册。

我以前的照片有很多是大头贴，陈故指着一张大头贴说："我有这张，这张也有，还有这张。"

我很惊讶："你怎么会有这些？"

他说："你贴在别人同学录上的大头贴，全被我撕下来了。”

我坦白：“其实我也是。”

那个年代没有自拍手机，没有美颜，没有滤镜，大头贴里的我们都有点非主流，我看着镜头做各种搞怪的动作，陈故则面无表情地装酷。

可是我就是喜欢，甚至不惜去偷偷找别人，传字条：你把这张大头贴给我啊，这张也给我吧。

陈故说：“毕业照也是。”

我们那时候拍毕业照，有全班合照，也有全体男生合照，全体女生合照，陈故特意找老师多洗了一份。

他摸着相片上的我，说：“虽然和全班合照上穿的衣服一样，表情也差不多，都是你，但是我还是想收集每一个你。”

“无论看了多少遍照片，我还是会心动。”

就是这样的喜欢，看了许多许多遍，我都一样的心动和喜欢。

那一刻，我就觉得真好啊，我们能互相喜欢那么多年。

[04]

因为陈故先生的工作，我们的婚假休得断断续续，唯一的年假还跑去重庆玩了，所以婚纱照还是结婚之后拍的。

我喜欢大海，所在城市离大海也不远，所以就选择拍了海景，早上起得特别早，化妆时完全处在昏迷状态，就为了拍朝阳升起来的那一刻。

我特别困：“图片是可以P的。”

陈故说：“P的哪里有真的好看。”

反正他特别固执，拍照的时候也是各种折腾。我们换了好几身衣服，等快到晚上的时候又换上了婚纱。

摄影师说让我们自由发挥，像旅拍那样，由摄影师抓拍。

我被折腾了一天，早就累死了，提议：“不如我们坐着聊天吧。”

陈故体力好，他往海岸线边上走，在沙滩上留下一长串脚印。我看着他的背影，突然起了玩心，特意绕了远路，从另一个方向过来，和他的脚印在中间会合。

我喊：“陈故，你看这像不像电视里原本只有一个人的脚印，现在变成两人的？”

沙滩上的脚印保存不了多久就被覆盖了，看得也不是很清楚，我们又多踩了几个让摄影师拍。

陈故牵着我的手往海边走，海水很凉，他说：“我之前来过这一带，我当时就想，哪天一定要带我喜欢的女孩子来看海。”

我问：“那你想过那个女孩会是我吗？”

“我希望是你。”陈故说，“提到喜欢的女孩子，我只能想到你的名字。”

他说：“带你来已经是意料之外了，没想到你还是穿着婚纱跟我来的。”

他说：“迢迢，我是世界上最幸运的人了吧？”

我却觉得最幸运的人是我。

因为我从来没有想过，有朝一日，我能和陈故先生分别穿着婚纱和西装走在海边。

我是在做梦吧？那就让这场梦永远不要醒了。

[05]

陈故先生出差，我独自在家。

我在网上看到一个段子，是这样的：世界上的很多词汇看起来很短，实际上却拥有着丰富的情绪。比如Kilig，它是形容那种喜欢一个人喜欢得好像胃里正有成千上万只蝴蝶翩翩，一张嘴就要全部飞出来一样的醉醺醺、麻酥酥感。

我将段子截图发给陈故先生。

陈故：我好像也是这么喜欢你的。

我看着评论，说：我对你的喜欢是Saudade，无以言表的思念，我好想你。

我：你什么时候回来啊？

没想到严谨的陈故先生还去查了这个单词，说：“这个是葡萄牙语，描述暗恋的感觉他/她永远不曾真正拥有，但希望拥有，不论是不是徒劳的希望。”

我惊叹：“哇！”

他说：“你对我的喜欢不是这样。”

我问：“你质疑我是吗？”

他说：“当然了，你已经拥有我了，不是徒劳的希望。”

我说：“可是很久之前是。”

陈故估计在忙，很久都没有回我，我等得都睡着了，突然有电话声响。我睡得迷迷糊糊的，直接按了接听键。

陈故说：“你给我开门。”

我一下子就清醒了，跑去开门，看到他风尘仆仆地站在门口，完全说不出话来。

陈故把我抱在怀里：“没想到吧？”

我是真没想到，整个人都蒙了。

陈故说：“虽然我们的回忆有点苦，但是我还是想告诉你，你一直拥有我。从我拥有你开始，一直都没变过。”

陈故学坏了，这大晚上的，让我哭了好一会儿。

[06]

有天晚上，我在书房里赶稿，有张图是一群人围在一起吃火锅，我便在网上找火锅的图。我好久没吃火锅了，于是我疯狂地想吃火锅。

我发朋友圈：想吃火锅。

朋友A：我也想吃。

朋友B：大晚上吃，胖死你。

朋友C：今天我刚吃的，嘻嘻。

陈故先生当时在卧室，评论我的朋友圈：你发朋友圈，谁能带你去吃？

我回复：你要带我去吃吗？

没一会儿，书房的门被推开，陈故无奈地站在门口：“换衣服，走。”

我说：“真去啊？”

他问：“吃不吃？”

我连忙点头：“吃吃吃！”

于是我赶紧关电脑，换衣服。半夜快十二点了，出门的时候，在门口站岗的还多看了我们两眼。

我说：“他会不会觉得我俩是去干坏事的，大晚上的鬼鬼祟祟。”

陈故先生说：“那他就不会让我们出来，得审查一个晚上。”

我：“真严谨啊。”

吃上火锅后，我拍了照片，再发朋友圈：陈故先生带我吃上啦。

朋友A：？

朋友B：！

陈故：下次想吃什么，别发朋友圈了，你可以直接来找我。

我觉得说这句“你可以直接来找我”的陈故先生简直太帅了！就是那种你之前费了好大的力气都没办法完成的事情，简单的愿望“冬日有火锅，身边是爱的人”，他一来，火锅有了，爱人也有了。

我的愿望实现了。

我突然想起那首歌：有梦想，我来陪你收藏。

不管大梦想还是小梦想，都有人陪我收藏的感觉真的太好啦！

[07]

我觉得，有时候习惯真的是一件很可怕的事情。比如，我在朋友圈发的音乐分享每天都在更新，我的朋友哪天没看到我分享音乐，都会觉得奇怪。他们来找我，问我：“音乐圈是没有入得了你的耳朵的歌了吗？”

我说：“马上安排！”

这是我朋友的习惯。而我的习惯是，陈故先生每次都会评论我分享的音乐，后来被我说得不评论了，但他也会小框找我评论。

但是有一次，他居然没有找我。

我那天分享的音乐是五月天的《超人》，并说：为什么拯救地球是那么容易，为什么束手无策啊，我和你的爱情……

等了一天，我都没等到陈故的评论。

我：大猪蹄子！我们的爱情完了！

晚上，等他回来后，我审视他："你有没有发现有什么事没做？"

他慌了一下："今天不是什么纪念日。"

我一下子就笑出来了。跟别的情侣不一样，我们之间热衷于记日子的是他，每次纪念日都是他提醒我。

我又板起脸："我昨天分享到朋友圈的歌好听吗？"

陈故松了口气，笑着说："好听啊。"

我瞪着他不说话。

陈故走过来坐在我的旁边，说："可是太惨了，以后你别听那么惨的歌。"

我说："可是好听！"

陈故说："嗯。"

我说："现场评论！"

他想了一会儿，说："我不喜欢你分享的那句歌词，我喜欢另一句。"

我问："哪句？"

陈故说："最凶狠的怪兽，也不能与我为敌，那为何害怕你的泪滴？"

那一瞬间，我真的觉得陈故先生是我的超人，是哄我开心，挡在我前面的我的大超人。

之后，陈故先生终于不傲娇了，每天都评论我的音乐分享。

《哎哟》：我会带你住进城堡，门前开满了花花草草。哎哟，好想长生不老。

陈故先生：等到月亮挂在树梢，我会轻轻把你拥抱。哎哟，谢谢你让我遇见你。

《鹿撞》：记得第一次见面，你的腼腆和我的心跳。

陈故先生：说起来，我好像真不记得第一次见面是什么情况了。

我：兵荒马乱，狭路相逢。

陈故先生：？

我：因为在背课文，你没背出来。

陈故先生：你把这段记忆忘掉。

我：所以真的是，你的腼腆和我的心跳。你背不出来脸红，我怕被检查心跳加速。

陈故先生：哈哈哈哈哈哈哈哈哈！

《想你想你》：总有一盏灯火，是你为我亮起。

陈故先生：还好我们在一起，想你想你想你。

我：我也想你啦。

[08]

有段时间，我去看了中医。中医给我把了脉，说了一通问题，反正全身上下没一处好的，然后给我开了一大堆中药，每天吃两次。

其实我的内心是拒绝的，但是当时我正跟陈故先生聊天，汇报在干什么。

陈故先生：买。

我只好付钱，拎了一大袋中药回家。但是我不想喝，趁他不在家，把中药藏在柜子里。

陈故先生回来得很晚，我若无其事地躺在床上看书，准备睡了。

他问："你喝药了吗？"

我说："啊，忘了。"

我不太会说谎，在网上还好，当面说肯定会被戳穿的那种。

陈故无奈地说："说一说，医生是怎么说的？"

医生说我爱生闷气，晚上睡不好，郁结在心，手脚冰凉，要调节心情，配合吃药。

我说："所以你现在不要气我了！"

他说："好，你把药吃了，我就不气你了。"

也不知道他是怎么找到中药的，给我冲好了药后，送到我的嘴边。中药真的太苦了，我喝着喝着，差点吐出来。

陈故特别有耐心，一只手拿着手机，打开照片："看，你爱豆。"

看着他一本正经的样子，我忍着笑，终于把药喝完后，他立刻把另一只手上剥好的橘子塞到我的嘴巴里。

有点苦，也很甜。

打那之后，我就开始跟陈故先生斗智斗勇。我每天早早地上床，祈祷他能把吃药这件事忘掉。

可是不管我怎么祈祷，他总能记得，房门一开："迢迢，吃药。"

我：你是魔鬼吗？

左手爱豆，右手甜橘。

行吧，这药我吃，还不行吗？

[09]

我最近在看一本书，叫《美丽新世界》，讲的是未来世纪的乌托邦社会。人人衣食无忧，也都很快乐，不再有任何负面情绪，不再会为得不到而流泪，没有艺术，没有痛苦，也从此没有了个人。

书里面的这段对话我特别喜欢。

"我不要舒适。我要上帝，我要诗歌，我要真正的危险，我要自由，我要美好，我要罪恶。"

"事实上，你要求的是不幸福的权利。"

我跟陈故先生讨论这本书，我说：“其实每个人都不希望自己不幸福，但是不希望是一回事，有没有这个权利又是另一回事。”

陈故点点头，说：“我喜欢那句话，‘我要痛苦的权利，要为你痛苦的权利’。”

我说：“我也喜欢。”

他说：“我们两个没在一起的那几年，如果我连想你的权利、为你痛苦的权利都被剥夺了，那我还有什么资格说喜欢你。”

我扑到陈故先生的怀里：“我也是。”

我们有让彼此痛苦思念的权利，有让彼此幸福的权利，有诗，有自由，真的很好。

[10]

有次周末，我们开车回家住了两天。爸妈都在我哥嫂那里，他们家是十三楼，复式的，挺大的，也给我们在二楼留了房间。

我之前没喝中药的时候每天晚上都要喝牛奶，后来开始喝中药，怕冲掉药效就没喝牛奶了。这次回家，我们把中药“忘”在了家里。

晚上，陈故看着我们的行李箱，说：“我明明记得我把药放在这个格子里的。”

我说："嗯，可惜不在。"

他说："去买。"

我问："那你记得是哪些中药吗？"

他沉默了。

我笑倒在床上。

他问："你这么开心吗？"

我立刻装可怜："那个药真的太难喝了。"

真的难喝！有一天晚上陈故不在，他又叮嘱我必须喝药，我捏着鼻子灌下去，觉得自己太苦了，然后就哭了。（嘘，这件事我没告诉他）

陈故见我这么可怜，又没有药，也只能松口。我说："喝牛奶吧！"

但是有个问题就是，在楼下客厅里，我的小侄子果果在看电视，我妈又明令禁止，我喝牛奶不能被果果看见。因为他不能喝，一看见就要闹。

于是，我和陈故先生溜到厨房，把牛奶热好，然后他来打掩护转移果果的注意力，我把牛奶藏在身后，以最快的速度跑上楼。

等他上来后，我笑得还没有停下来。

他坐到我旁边："你笑什么？"

我说："有的人表面上看起来光鲜亮丽，其实背地里连喝个牛奶都要偷偷摸摸，嗯？陈故先生？"

他目视前方，一本正经地说道：“为了老婆，一切原则都是可以丢弃的。”

他很是理直气壮了！

[11]

上次赶稿赶得要死的项目终于结束后，我就有了每天早上赖半个小时床的习惯。

不知道是不是所有父母都会做的事——只要你在家，他们起床了，你也要起。

我和陈故先生回家的第二天。

我妈敲门：“起床了！都快九点了！”

我一打开手机——六点半。

这得走多快才能到九点？

我翻了个身，继续睡。

陈故先生条件反射地坐起来，我拍拍他：“没事，接着睡。”

他呆呆地看着我，说：“我以为咱妈要来打我。”

我说：“啊？”

他挠了挠头：“是上学的时候，我总觉得你妈发现我喜欢你，肯定会来找我，然后我就大声地告诉她，我就喜欢你一个。”

我说：“大哥，你那时候的小剧场真多。”

陈故睡不着了，翻身下床，穿衣服。我看他起来了，也睡不下去了，干脆跟他一起起床。

陈故有晨练的习惯。家里早饭还没做好，我就跟着他去爬楼梯，从十三楼爬到三十楼，累得都快断气了。

陈故先生淡定地给我递水：“我还能朗诵诗，你信不信？”

我不想理他。

然后他真的开始朗诵了：“在我荒瘠的土地上，你是最后的玫瑰。”

我也不甘示弱，在网上搜了聂鲁达的诗，念：“你就像黑夜，拥有寂静与群星。”

陈故说：“我不是。”

我问：“你唱反调是吧？”

他说：“嗯，我只拥有你就够了。”

好的，感谢这位先生，成功地让我在大早上就脸红了。

[12]

我跟陈故先生每天睡觉前都会说一会儿话，关上灯小声地说。不是什么非说不可的话，可能只是一些琐事。

有天，他问我：“最近睡得怎么样？”

我说：“还不错。”

他松了口气，说：“药那么难喝，你要是还没好点，我真的要找那个医生算账了。”

我说：“那你还逼着我喝？”

他说：“这不是有用吗？”

我沉默了。

他问：“怎么不说话？”

我说：“陈故，你知道吗？我之前一个人睡觉的时候，每天晚上都会做梦。就是我睡觉之前都会想很多事情，所以会做梦。”

他笑着问是不是想他，我说是的。

我知道这还挺傻的。因为当时，我不知道能不能和陈故再在一起，也不知道他还喜不喜欢我，更不知道他变成了什么样子。但我就是控制不住地想他，想梦见他，觉得哪怕在梦中见一面也好啊。

有时候回家，在那个小县城转啊转的时候，我都会埋怨：这地方也不大，我怎么就碰不到他？

这些话，我也只敢关了灯跟他说。他把我抱在怀里，说：“你别做梦了，你醒来就能看到我好吗？宝贝。”

十八岁的我从来没想过，有朝一日，我醒来就能看到我最喜欢的人。

[13]

前两天，我和陈故先生去KTV唱歌。陈故点了一首胡夏的《爱夏》，然后对着我唱。

我想跟他一起唱，但不记得那个旋律了，只能跟着哼哼。

我之前在学校的时候，经常在校报上画画，那时候学人取笔名，取了个江夏。那阵子，学校正好流行《爱夏》，我就放出话，说谁要是爱我就唱这首歌给我听。

暑假里有一天，我在家复习，没看手机，晚上才看到陈故给我发来的彩信。里面是他的一张照片，还有一段录音，就唱了这首歌。

“会不会有一天四季全变成夏天，是不是这样你才会相信有永远。”

虽然有点跑调，但是我觉得特别好听。

那是他第一次给我唱《爱夏》。过了几天，我都快睡了，他突然打电话过来，有点醉醺醺的，说想再唱一遍。

我迷迷糊糊地说：“嗯。”

他唱：“你不需要再跟别人去争奇斗艳，在我心里你永远是最美的夏天。”

“爱上你第一个夏天，你就问我爱会不会变，如果你想要去冒险，我会不会给你一片天。”

唱完后，陈故很酷地说：“嗯，就这样，晚安。”

然后他就挂了。

我挂了电话后也睡着了。

第二天回想起来，我觉得是自己在做梦，但是通话记录在那里摆着，很明显不是做梦。我也不好意思去问他，后来也没提。

我没想到他还记得，又唱给我听了。

这首歌，他是第一个唱给我听的，我希望也是最后一个。

就像歌词里说的：也许爱情比你想象中的还要远，只要你愿意在我身边，我会陪你一直到永远。

[14]

这个城市的冬天特别冷，家里装了暖气也没什么用，基本上取暖全靠抖。我没有接稿，每天在家里过得很颓废，躺在床上看书，买一周的菜自己做，反正要多懒就有多懒。

住的这边又不像在家，有十几层楼梯给我爬，陈故先生又忙，就算他想督促我也没有时间。

有段时间他不在家，给我发了截图过来，说："你看看你，每天只走二十几步，这合理吗？"

我说："你觉得这个天气合理吗？"

陈故先生沉默了一会儿，说："我晚上回去。"

我问："你带钥匙了吗？"

陈故问："我要是没带呢？"

我说："那你别回来了。"

结果陈故回来敲门，我还是给他开门了。他站在门口，晃悠着手上的钥匙。

我说："你这不是带钥匙了吗？"

陈故先生理直气壮："我就是想要你给我开门。"

我问："为什么？"

他说："这样你就能多走几步了。"

然后他开始絮絮叨叨，要我多运动。他说："画画本来就是静态工作，不要看现在年轻就……"

我发朋友圈（特意屏蔽了陈故）：老公现在絮叨得像我妈怎么办？

朋友评论：这是秀恩爱的新方法吗？

我正回怼着我的朋友，陈故先生幽幽地说："你屏蔽我是吧？"

我吓了一跳："你怎么知道的？"

他说："宋同学截图给我看了，问我为什么秀恩爱？"

我说："因为爱情。"

陈故说："我决定以后都不带钥匙了。"

我大惊："为什么？"

陈故说："因为家里有人，所以我可以不用带钥匙。"

我……好吧，他赢了。

[15]

有段时间，陈故先生出差，好像是出什么任务。他在当地租了一个房子住，我趁着元旦放假去找他。天冷，我也不是很想逛，就想去吃火锅。

吃火锅的时候，正好我朋友找我有事，让我帮她看个东西。我就吃吃停停，心不在焉地跟陈故说话。

过了一会儿，微信有了新消息。

陈故：麻烦这位陈太太抽空看看她的老公好吗？

陈故：你在跟谁聊天啊，火锅不好吃吗？

陈故：我说三二一，抬头。

陈故：三。

陈故：二。

陈故：一。

我抬起头，无奈地看着他，他也看着我，笑得特别甜："放下手机，你立刻爱我。"

这是谁教的土味情话？有点犯规了！

[16]

陈故还要工作，他出去的时候我就在家里看书。我给他发消息，说：你这张床好高啊，我都有点不习惯。

陈故说：是，我适应能力这么强的人也花了三天才适应。

我说：那我得适应一个月。

陈故说：所以你要不要等适应了再走？

陈故先生的邀请来得猝不及防，还有点甜。

[17]

我跟陈故在他住的附近吃了一次麦当劳。我回去后，没过两天又自己一个人去吃了。我拍下照片给他看，他说："我也想吃。"

我说："你去。"

他说："太远了。"

我说："才几步路，你就嫌远。"

他说："嗯，你跟我在一起的时候路程当然不远。自己一个人去，就显得格外远。"

[18]

我在网上看到一个很老套的选择题，于是截图给陈故先生看：如果可以选择，你是选择爱你的人，还是你爱的人？

陈故说："我选择爱你。"

我头疼："请这位同学仔细审题，没有'爱你'的选项。"

陈故说："必须有。"

我真的被他打败了："好好好。"

他又问：“那我得多少分？”

我说：“你跑题了还想得多少分？”

陈故很理直气壮：“当然是满分了。”

我不服气：“凭什么？”

陈故说：“附加题拿到的分数也是分数啊，满分。”

我不想理他，并给他发了一个翻白眼的表情包。

[19]

陈故先生的好朋友宋同学是编导专业的，毕业后就开始跑综艺。他经常跟组，天南海北地跑，我们结婚他都没来。等他终于闲下来的时候，他来找我们叙旧。

我跟他也是好多年没联系了。他变化不大，穿着一身运动服，比以前要成熟，但是还是干净清爽。我调侃他：“我下次要是画甜甜的画，你完全可以当男主角。”

宋同学哈哈大笑：“你怎么不用陈故？”

我说：“他没有你有少年气，你看他像一个老干部一样。”

老干部陈故先生给我们泡了茶，哼了一声没反驳，问宋同学：“你休息多长时间？”

宋同学说：“也就一个星期，马上要开一个新的综艺，我要提前去踩点。”

听宋同学抱怨，他这个职业天天东跑西跑，忙得跟一条狗似的，也没空谈恋爱。聊到最后，他有点醉了，说："陈故，要说有能耐，还是你有能耐，你怎么就那么长情呢？怎么就把你十八岁时喜欢的女孩娶回家了？我真羡慕。"

我忍不住小声问陈故："他和肖姑娘后来没联系了吗？"

陈故摇了摇头，说："他们联系过，也见过面，但是没有后来了。"

我重新加了宋同学的微信，本来想给他介绍一个女朋友的。某天，我心血来潮去翻了他的朋友圈，他的朋友圈也跟他这个人一样，都是积极阳光的东西。

他平时发的朋友圈也不多，翻着翻着我就翻到了大概三年前的一条动态，特别长。

他说：人生真的好无奈，永远没有办法在适合的时候求仁得仁。就算后来得到了，也不会有那个时候以为的激动和开心了。就像喜欢一个人是有时效的，在那个有效期，没有得到回应，等过了那个期限，得到了回应，我的热忱已经没有了。不是不开心，是没有之前开心了。幻想中的开心和现实中的开心差距太大。所以我就不开心了。明明得到了，我还是不开心，因为时间不对。

他给自己评论了一条，说："重新开始"这四个字的魅力真大。可惜和你重新开始，要等到下辈子了。下次我绝对不先说喜欢你，我要骄傲些，把我的喜欢藏起来，等你喜欢我。可是你放心，我是不敢像你对我那样狠心的，我不舍得。

太虐了！

[20]

陈故虽然和宋同学是好朋友，但是两个人都忙，也不是经常联系。关于宋同学和肖姑娘的事情，陈故也只知道一个大概。我虽然很好奇，但是也不能去揭别人的伤疤，所以跟宋同学寒暄两句也没有多问。

过情人节那天，陈故先生不休息，我一个人去看了一场电影，巧的是居然碰到了宋同学。外面人特别多，我们俩找了一个火锅店排队，准备一起吃火锅。

宋同学说："要是被陈故知道你情人节跟我一起过，他还不得吃醋死？"

我笑着说："他不是那样的人。"

宋同学说："谁说不是的？我们上学那会儿，谁要是多看你一眼，都能被他瞪死。"

我还是第一次听说，宋同学说："哎，你不知道吗？高二下学期，你的那个同桌喜欢你，他没告白吗？"

我摇了摇头，说："没有。"

高二下学期的那个同桌，我不怎么喜欢。因为他总是欺负我，也不算是欺负，就是喜欢起哄，然后对我也不怎么好，没一点同学之间的友爱。但是想想还是有点细节的，就是每次我让他跟我闺密换位置，他都乖乖搬过去，不过我那时候真的没联想到喜欢我这上面去。

宋同学说："真胆小，我还以为他会跟你告白。不过后来大家都知道你喜欢陈故了，估计他不告白是怕被拒绝。"宋同学叹了一口气，说，"我就不一样了，知道那边是南墙，死都要去撞一下试试。"

我试探地问："你和肖姑娘……"

宋同学说："你还记得吧，高中的时候，我和她一直在通信。后来高考结束后，她在树下等我。我们聊了很多，她说其实早就猜到写信的人是我了，我那么笨，一点也不会掩饰语气和眼神，全身上下都在说着我喜欢她。"

"我们在一起了。很幸福的三个月，我长那么大都没那么高兴过。我们每天往外跑，去了好多好多地方，在阳光下牵手，在雨中拥抱。她家住十七楼，每天我把她送回家的时候，为了待得久一点，我们一起爬楼梯，走到哪一层，哪一层的灯就亮。"

"那句话怎么说来着？'向着光亮那方。'她就是我的光，我走到哪儿都是向着她去的。再后来，我们去了不同的地方上大学，每天打电话到好晚，手机天天都在欠费。"

“再美好的爱情也抵不过时间和距离。争吵、冷战、新人，她累了，提了分手。我挽留过，最后也只是自我感动。然后我放她走了。”

“有首歌的歌词是‘我的故事还是关于你啊’，可惜她的故事以后都跟我没有关系了。”

那首歌我也听过——

纸短情长啊，诉不完当时年少。

我的故事还是关于你啊。

[21]

这段时间，城市里的花陆陆续续地开了。但是我跟陈故都特别忙，也就每天早上看看门前的花，没有时间出去看大片的花。一到周末，我的朋友圈就被刷屏了，全是出去踏青的人，翻开一张照片都是花。

这样我就很酸了。我发朋友圈：今天在各位的朋友圈里看了不同地方的花儿，感觉我自己也去看花了，其实我只是坐在电脑前画花。

第二天，我的工作暂时告一段落，但是陈故还不休息，也不是周末，我一个人不想出去，就准备宅在家里。

谁知道陈故早上起来，说：“起床了，我带你去看花。”

我一下子坐起来：“你今天休息？”

陈故说：“我请假了，先看花。”

我后来才知道，陈故因为这次请假，后面几天加班了很久。

[22]

陈故先生去香港有事，回来的时候，除我要求的化妆品外，他还给我带了一盏月亮灯。弯弯的、黄色的月亮，打开特别温馨。

但是月亮灯有点幼稚，给我侄子玩还差不多，我说等回家的时候给侄子带过去。谁知道第一天晚上，关了灯后，我无聊地打开了月亮灯，发现居然很好看，然后就一发不可收拾，每天睡觉之前都要开一会儿。

陈故先生也依着我，每次我要睡了就说：“好了，你帮我关一下月亮灯。”

陈故先生说：“晚安。”

月亮灯灭了，万籁俱寂。

[23]

年初，我去做了一次体检。体检结果出来的时候，有一项出了点问题。医生打电话给我，用很淡定的语气跟我说：

“你来做个复查，看看结果。”

我把体检报告单打印出来后，看到出问题的那一项，立即上网查相关的东西，越看心越凉，觉得自己可以马上写遗书了。像小说里的女主角身患重病，忍痛离开男主，我大概脑补了十几个剧情。

我跟好友说，好友也慌了，我们两个打着电话，一人一句怎么办。

她说：“你要是告诉陈故，他不得疯了？”

我说：“应该不会吧，他挺稳重的一个人。”

她说：“关心则乱啊。”

我说：“也是啊，可是我不想一个人去医院。”

她说：“我陪你去。但是我又觉得你不告诉陈故不太好，毕竟如果真的查到什么，还是得告诉他，他可能会更疯。”

我们两个商量了半天，主意还是我拿的，我决定告诉陈故我的病情。

晚饭的时候，我轻描淡写地跟陈故说起这件事，要多淡然就有多淡然。陈故听完后愣了一下，点点头：“应该没事吧？”

我说：“嗯，应该没事。”

我虽然这么说，但是心里还是有点失落，觉得陈故不应该这么淡定。但我转念一想，他也是经历过大风大浪的人了，稳重点也是应该的，又不是十八岁的毛头小子。

我在心里安慰自己，吃完饭后准备去卸妆洗澡，卸妆到一半听到陈故在打电话，声音很低，很快就挂了。我没放在心上，接着他又打了第二个、第三个，我走到门口，听到他说："嗯嗯，好，麻烦你了。"

可能是听到我的动静了，陈故回过头，对我笑了笑，说："我忘了跟你说，先别卸妆了，走，跟我去医院。"

我听出他语气中的颤抖，眼泪唰地就掉了下来。

陈故联系的是医院里的朋友，正好当晚值班，可以帮我做个检查。陈故开着车，我坐在副驾驶座上。夜幕刚刚降临，车子开得又快，窗外的场景像是虚幻的光影。

陈故突然问："你在想什么？"

我摇了摇头，其实我确实没想什么，可能之前会有点害怕，但是现在陈故帮我承担了那一份惊慌。我不知道自己是什么心情，应该是安定吧，觉得不管发生什么，这个人都会在我身边。

陈故说："我给你讲一个笑话解解闷？"

我说："那你讲吧。"

陈故说："两个番茄去逛街，第一个番茄突然走得很快，第二个番茄就问：‘我们要去哪里啊？’第一个番茄没回答，所以第二个番茄又问了一次。第一个番茄又没回答，所以第二个番茄又问了一次。第一个番茄终于慢慢转头，你猜它说了什么？”

我说：“不想理你。”

陈故说：“不是，他说：‘我们不是番茄吗？我们会讲话吗？’”

我结结实实被冷到了，瞪了陈故一眼。

他问我：“冷吗？”

我说：“到夏天再讲冷笑话。”

陈故握住了我的手，捏了捏，说：“冷的话你就离我近一点，我很暖和的。乖，别怕。”

我看着外面的景色，说：“其实我想了想，这是我第一次离死亡那么近。我突然看透了好多，好像人生也没什么遗憾了。”

陈故生气了，说：“不行，不准看透，你还有好多遗憾的事。”

我问：“有什么？”

陈故说：“陪我到老，所以你不准看透。”

我笑了，说：“好。”

[24]

陈故联系的医生在医院门口接到我们后，就带着我们去做了彩超。东西确实在，但是太小了，没办法做穿刺，不知道是良性还是恶性的，要做血检。

医生说："没事的，东西太小，把它切掉得不偿失，你勤复查就行。"

从医院出来，我和陈故没有急着回家，而是默契地找了一张长椅坐了下来。我挽着他的手臂，靠在他的肩上，感觉到前所未有的安全感。

就是那种觉得好像一切都完了，但是偏偏还有一个人告诉你："我还在。"

我转过头，把脸埋在陈故的肩头上。他穿着黑色的羽绒服，特别暖和踏实，我说："还好有你在。"

陈故把我搂在怀里，说："我一直都在啊。"

是啊，这个人一直都在，缺席了五年，却还在原地。

我何德何能，能有一个他。

[25]

血检的结果要第二天才能出来，我和陈故先回了家。陈故怕我睡不着，还要给我讲故事哄我睡，我被他逗笑了，说："累死了，赶紧睡吧。"他还有点小遗憾："啊？我趁你洗澡的时候找了好几个童话故事，一个都用不上吗？”

我假装打他：“我知道我知道，王子和公主一起过上了幸福的生活，故事完。”

陈故关上灯，又把月亮灯打开，他把我抱在怀里，亲了我一口，说：“晚安，我的小公主。”

他肉麻死了，也暖心死了。

我晚上做了一个梦，具体梦到什么已经不记得了，就记得我走了，陈故站在原地一直哭。我从来没见他这么哭过，哭得撕心裂肺，像一个孩子一样。我出了一身冷汗醒过来，发现天还没有亮，月亮灯还开着，他坐在床头，手轻轻地拍着我的胳膊。

我鼻子一酸，眼泪差点掉下来，跟他说了几句话，然后又睡了过去。

这次我睡得很踏实，一觉睡到了十点。陈故先生不在我身边，我以为他走了，因为知道他会回来，也没觉得慌。谁知道出了卧室的门，我却看到他躺在沙发上睡着了，茶几上摆了很精致的早餐。

可能是听到我的动静，他醒了，看到我，他笑了笑，说：“嗨，早上好，江迢迢。”

我说：“早上好。”

他说：“今天又是新的一天，又是新的我喜欢你的一天。”

嗨，早上好，陈故，今天又是新的一天，又是新的我喜欢你的一天。

[26]

血检的结果出来了，现在没有太大的问题，只要我勤复查就好，饮食方面也要注意。我开心得不得了，准备去吃火锅庆祝一下。

谁知道陈叨叨再次上线。

“外卖不能吃。”

“油炸的、辛辣的、太甜的你都不能吃。”

“从今天开始，你要养生，给我白白胖胖的长命百岁。”

我无语望天，求求上天把我深情的陈故先生还给我，我不要这个陈叨叨。

偏偏陈叨叨一点自觉也没有，晚饭做了好几道非常有营养的菜，用很温柔的声音哄我吃，我勉强吃了一点。

陈叨叨说：“你得吃啊，不吃是不行的，这菜多有营养。”

陈叨叨又说：“你看，胡萝卜是世界上最有营养的东西了。”

我反驳：“你中午还说青菜是世界上最有营养的东西。”

陈故点点头：“都是。”

行吧，他说什么就是什么。

[27]

可能是怕我还没回过神来，一个人在家胡思乱想，陈故特意请了三天假在家陪我。我抱着丢丢说：“不用了，你去忙吧，我有丢丢就行了。”

陈故先生受伤了：“我竟然还不如一只猫吗？”

我想了想，还没说话，陈故就说：“好啊，这个问题你还要犹豫是吗？”

我无语地看着他。

陈故先生，请问您多大了？跟一只猫吃醋合理吗？

总之，陈故先生当了一个后爸，一定要跟丢丢争宠。我跟他作对，当他提议出去玩的时候，非要带上丢丢。他拗不过我，十分哀怨地开车上路。

我们一起去了拍婚纱照的海边，路程还挺远的。我抱着丢丢坐在后排睡着了，醒来的时候已经在海边了。

陈故先生站在车子外面，黑色的大衣被风吹起来，背影在夕阳下特别有意境。我打开窗子，朝他喊：“帅哥。”

陈故先生回过头看着我，看着看着突然笑了起来，让我有点恍惚，好像透过这个笑容看到了十八岁的他。

他走过来，我问："几点了？"

他说："五点多，刚好赶上看夕阳。"

他俯下身揉了揉我的头发，然后靠在车窗边。我们俩就这么看着太阳沉下去，晚霞染红了半边天空。

陈故突然说："我真的是一个很贪心的人。"

我问："什么？"

他说："我总是不甘心，占据了你的青春，还要占据你的现在、你的将来，现在连你的下辈子也想预定好。你只能是我的。"

我也是一个贪心的人，想预定陈故先生下辈子、下下辈子、下下下辈子。

Chapter 4
要给你广阔的风

TOU

TOU

JIA

KE

TANG

[01]

宋同学最近开始相亲了。

我们三个人有一个群，他在里面怨天怨地：我马上要去相亲了，生怕自己做出什么奇葩的事情，然后被相亲对象挂到网上批判。

我说：别怕啊，说不定你就遇到真爱了。

宋同学说：我想在家相亲，不想在这儿相亲。

陈故问：为什么？

宋同学说：说不定我相亲就碰到肖姑娘了呢！

我和陈故都沉默了，宋同学还在噼里啪啦地打字：到时候在场的人都不知道我们曾经在一起过，不知道我们对对方了如指掌，不知道……

宋同学说：不知道我那么喜欢她。

我问他：你还喜欢她是吗？

宋同学说：我不知道。我到地方了，等会儿再说。

我问陈故先生：是不是男生对前任都会念念不忘？我有好几个男性朋友都说，他们已经不喜欢前女友了，但是如果前女友有什么要帮忙的，他们肯定会帮。

陈故问：女生不是吗？

我摇了摇头，说：我的女性朋友，正常分手的，不爱就是不爱了，不会再去管那个人了，分得很清楚。你们男生都这样吗？

陈故说：我的前任是你，我是一直念念不忘来着。

我说：我们就谈了一天。

陈故说：一天也算数，那一天你是我的，我是你的，咱们不是说好了吗？

虽然跑题了，但是他说得无比真诚。

不过我想想，虽然只谈了一天恋爱，但我们确实是彼此的前任。

[02]

据宋同学的描述，他相亲的过程十分顺利，凭着他的三寸不烂之舌，他成功和相亲对象成了……朋友。

宋同学第二天趁陈故先生休息过来了，跟我们聊他相亲的过程。

他跟女孩是前后脚到的，两个人都很有时间观念，他又挺能说，聊起天来一点也不尴尬。就是女孩有点奇怪，一直往门口看。

宋同学说："我心想难道她等下还要赶场吗？就算赶场，换一个地方也好啊，都约在一起，万一撞见了多尴尬啊！于是我就用一种很委婉的方式问她，等下是不是还有事，我们可以约其他时间。”

谁知道女生一下子就哭了，不夸张，就是号啕大哭。

宋同学说：“你们是没看见周围人的表情，都以为我欺负她了，我赶紧问发生了什么。你们猜她为什么哭？”

我问：“为什么？”

宋同学说：“她和男朋友吵架闹分手，赌气出来相亲，把地址、时间都和男朋友说了，就等着男朋友来，但是他一直都没来。”

我问：“她的男朋友最后都没来吗？”

宋同学说：“对，我陪她一直等到晚饭时间，都没人来。她后来也跟我说了，其实她和男朋友早就走到尽头了，但是她一直都不愿意承认，这下彻底死心了。”

陈故说：“那你感觉怎么样，能和她相处看看吗？”

宋同学沉默了一会儿，说：“我知道我为什么总是对肖姑娘念念不忘了，我们在一起和分开都毫无波澜，因为喜欢在一起，因为不喜欢而分开，太让人不甘心了。我也需要一个机会让自己死心。”

说实话，我没有经历过宋同学这样的感情，不能感同身受，但是我知道他是什么样的人。他一直很直白、坦诚、阳光，但是唯独对肖姑娘会有那么多的犹豫不决。

我和陈故都支持他去找肖姑娘，给自己一个交代，不管是死心还是重新开始，总比现在要好。

宋同学也下定决心去她的城市，他说：“最后一次了，不行就拉倒。”

但是谁都知道，真的不行的话，他大概还是会伤心好一阵子。

[03]

元旦过后，我搬了出去。一方面是方便出行，另一方面是离我们买的房子近，马上交房装修了，也好跟进。

我租的房子在一个巷子里，巷子不深，有小桥流水，还有一户人家门前种满了花，特别像江南的水乡。陈故先生挑了很久才挑到这个地方，说方便我画画。

他还特别得意地跟我说：“离家两三户就是派出所，特别安全。”

我说：“方便我画画是假的，安全才是真的吧？”

陈故先生说：“那当然了，你以为我放心把你一个人放在这里吗？要不是这里正好有个派出所，我肯定不让你住在这里。”

我说：“好好好，你说什么都对。”

搬家那天，因为没多少东西，我就没请搬家公司。陈故说这点重量对他来说是小意思，轻轻松松地就能搬上去。两个地方离得也不是很远，谁知道车子硬生生地开了半个小时。

我说："我走路都比你开车快。"

陈故先生也不反驳，等到地方了，说："其实我搬不动。"

我蒙了："你胡说什么呢？"

陈故先生站在后备厢边上，看着行李，问："怎么办？"

我说："你累了吗？要不然先歇一会儿，或者找别人来帮我们搬？"

陈故先生看着我说："怎么办？我后悔了。"

我说："什么？"

他说："我后悔了，不想让你搬走了。为什么要搬走？我们回家吧。"

我呆呆地看着陈故先生。我是真没想到，他会说出这么幼稚的话。按理说，他应该比我更能接受离别才对。

我耐心地跟他说："我们不是说好了吗？住在那里确实不方便，而且你马上要封闭式训练了，一两个月都回不来，我住在哪里不都一样吗？"

陈故说："哪里一样了？我在外面的时候，想着有你在家里等我，也有动力一点。现在好了，辛辛苦苦两个月，回去没有人。"

我一下子就笑出来了，觉得这样斤斤计较的陈故先生太可爱了，还得让人哄。我哄了半天，说他可以直接来我这里，我可以提前过去等他，反正又不是分居，怕什么。

人哄好了，力气也有了，他一鼓作气地搬完了所有东西。

[04]

我上大学的时候策划过一场旅行，是冬天去同里。记得那个时候我还很认真地做了一个计划，写上标题：烟雨江南，情归同里。

同桌也很认真地提醒我，一个人出去玩不要穿得太漂亮哦。

可是最终这场旅行没有成行。没有成行的原因我甚至都不愿意去想，每一次想心里都是满满的罪恶感。是真的，我记得曾看过一句话：如果你觉得生活很容易，那肯定有人在承担着你的那份不易。

我一直觉得妈妈更爱哥哥一些，爸爸更爱我一些，所以我和妈妈并不是很亲近。那年冬天丢了一床被子，我跟妈妈说了，妈妈说过两天来看我，顺便带床被子来。

她不是一个善于表达的人，我也是。其实，我们都是被爸爸惯坏的孩子与妻子。临走之前我们吵了一架，我没有去送她，就这么看着她一个人孤零零地在校园里走。

回去后，我将去同里的计划收了起来。

那时候，负气的我在心里暗暗发誓，以后我会去我想去的地方，但是绝对不会用爸妈的钱去满足自己的梦想。

这也是我能一直没有包袱地去旅行的原因。

我一直沾沾自喜，为自己能够自由沾沾自喜。

直到有一天，我在家翻东西，突然翻到了一张车票，日期是某一年的十二月份，上面是妈妈的名字，从××到××。

我一怔，想起有一年冬天妈妈去看我。

K×××，9:47—17:45，站票。

那天下午，我拿着那张票不停地流泪。

原来被宠坏的妻子那么爱着被宠爱的孩子。

可是她为什么不说呢?

可是被宠坏的孩子也不说啊。

在这里说多少次都比不上在她身边说一句——我突然好想你。

[05]

我搬过来不久，陈故先生就封闭式训练了，我们俩的联系几乎断了。我妈从老家过来陪我，不得不说，有妈的孩子像块宝，她在这儿住了半个月，我长胖了五斤。

有一天，我们突然聊起我刚上大学的事。我妈说九月初那会儿总有人给我们家座机打电话，大概是每周一三五，接听了对方也不说话，没一会儿就挂了，特别可怕。后来持续了大概一个月，大家都习以为常了，也没有管了。

我问：“你之前怎么没跟我说过啊？”

我妈说：“我忘了，等你寒假回来的时候，那人早就不打了。”

我说：“那是陈故上学的城市。”

我给陈故写信（他基本上不能碰通信设备，所以我们就约定写信），问他这件事，过了大概一周，收到回信，回信内容我节选一点贴上来——

我承认，电话确实是我打的。刚刚进学校的时候，就是一整个月的军训，没有通信设备，要打电话必须去公共电话亭排队。我每次给爸妈打完电话后，都会给你打一通。其实并不是非要听你的声音，知道这是你的电话，即使那头传来了忙音，我也会觉得幸福一点点。

我也是傻，打了一个月才想起来你去上大学了，根本不会接到电话。

可是我当时真的很想告诉你，我好想你。

读着陈故先生的信，我都能脑补出当时的画面。想打电话的人一定很多，长长的队伍，陈故随着人潮往前走。终于轮到他的时候，他投下硬币，先给父母打，打完后再去打一通永远不会出现他想念的声音的电话。

我把这个场景画了下来寄给陈故先生，上面写字：我当时也很想你。

我回忆了一下，那时候我刚进大学，不是很适应新的环境，所以就更怀念高中时代，怀念那个打打闹闹的年纪，怀念一回头就能看到喜欢的人，怀念还能若有若无地与喜欢的人保持同步。

我有个室友天天跟男朋友打电话。我们住九楼，她不坐电梯，打着电话爬上去。我问她："你不累吗？"

她抱着手机："啊？不累啊。"

我心想，爱情的力量真的很伟大了。

这么想着，我心里还有点酸酸的，因为没有男朋友可以打电话。我跟高中同学会在群里聊天，但是陈故从来没有出来过，大家都开玩笑说陈故一毕业就失踪了，还来问我，他去哪里了。我说我怎么知道，问宋同学还差不多。

宋同学当时估计在忙着谈恋爱，也不经常出来。

有人问我："江迢迢，你跟陈故还有联系吗？"

我被他问得心塞，说："没有。"

他又问我："你还喜欢陈故吗？"

我想了想，说："还喜欢。"

他说："那有点可惜，我本来想你要是不喜欢陈故了，可不可以试着喜欢一下我。"

也不知道怎么了，就在那一刻，我突然觉得我真的一点也不想试着喜欢别人。喜欢一个人已经很累了，我不想再换一个了。

我拒绝了这个同学，后来也拒绝了不少追求者。朋友替我不值，说我为什么不在最美好的年龄谈一场恋爱。

可她们不知道，我谈过恋爱了，在最美好的年龄和我最喜欢的人。

后来陈故问我，如果没有等到他怎么办，会因为没有谈恋爱而遗憾吗?

我反问他："那如果我们没有在一起，你会因为没有谈恋爱遗憾吗?"

陈故没有任何犹豫："不会。"

我说："那不就行了。"

先不说根本就没有这个如果，就算真的有，那我也不会后悔为你浪费的时光，因为那都是我心甘情愿的。

[06]

我一觉醒来发现朋友圈多了四十多条提醒，吓了一跳，又看聊天页，才知道是陈故先生被放出来了，他给我发了几条消息——

我拿到手机了，十五分钟，快出现快出现。

不对，现在是凌晨三点，你要是还没睡我就要打你了。

最近的训练还挺累的，不过想到你在家等我，我还可以坚持下去。

我今天看到了一个特别美丽的小岛，开满了花，下次带你来。

我交手机了，想你，爱你！

我打开朋友圈，是陈故把我这些天分享的音乐都评论了一遍。

《橘子汽水》：就这样牵着你一直走，这路没有尽头。

陈故先生：我站在教室门口的小角落里，偷偷看着你可爱的笑容，你就像天上的云朵，我好想变成彩虹。

《浮生》：他真的很喜欢你，像风走了八千里。他真的很喜欢你，千言万语乐此不疲。

陈故先生：我真的很喜欢你，不问归期，不远万里。

《起风了》：我仍感叹于世界之大，也沉醉于儿时情话。不剩真假，不做挣扎，无谓笑话。

陈故先生评论：儿时情话？谁？哪个？

我回复：大哥，这是歌词。

以下是他再次拿到手机回复的评论：

陈故先生说：这么多歌词，你怎么就挑这句？

我快被他气死了：你和我杠是吧？杠上开花是吧？

陈故先生：委屈。

我说：给你一个机会，重新评论。

陈故先生：以爱之名，我还愿意的。

算他聪明。

《年少有为》：假如我年少有为不自卑，懂得什么是珍贵，那些美梦没给你，我一生有愧。

陈故先生：在婚礼上多喝几杯，跟我？

我回复：你闭嘴吧。

陈故先生：我又做错了什么呢？

《盛夏》：相框里的那些闪闪发光的我们啊，在夏天发生的事，你忘了吗？

陈故先生：那年夏天我那么喜欢的你，我怎么敢忘。

这条评论真的戳中了我的泪点。

也许等到我和陈故先生老了、头发白了，我们也会永远怀念那个属于我们十八岁的夏天。

[07]

宋同学真的去找肖姑娘了。

从我们这里走了之后，他直接买了机票，飞到了肖姑娘在的城市，然后……晃荡了三四天。

他发朋友圈：

Day1：我来了。

Day2：我来到你的城市，走过你来时的路，想象着没我的日子，你是怎样的孤独……也不一定。

Day3：哇，这里的大海好美。

我评论：别哇了，你的正事办了吗？

宋同学回复：今天天气真好。

我回了他一个白眼，宋同学私聊我，说他已经在这儿晃三天了，就是不知道该怎么把人约出来，好像这么久不联系，连借口都找不到了。

他说：怎么会这样？我有时候甚至不敢想象，我跟她那么亲密过。

我说：你的朋友圈先别屏蔽她，让她知道你跟她在一个城市。

宋同学听了我的话，重新发了一条朋友圈，没有屏蔽任何人，简简单单的一个视频，加上定位。

过了一会儿，宋同学说：她找我了，问我有没有空。

我说：你赶紧说有，然后去见她吧。

宋同学说：好。

他们应该见面了，我就边画画边等他的消息。快晚上的时候，他才重新出现，在我们群里发了一个表情，说：一切都结束了。

我问：怎么样？

他说：我释然了，虽然说回忆里的人是不能去见的，但是我不后悔来见她。这么久不见，她还是那么优秀、美丽，可是已经不会让我心动了。

他说：我一直怕我的出现会让她困扰，但是其实困扰的只是我自己而已，她早就走出来了，根本不会困扰。现在我也走出来了，不会再有意难平了。

——说不遗憾是假的，遗憾是余生不能陪你了。

可是这并不代表什么，我们的回忆是不会被磨灭的，而人生的道路还很长，也该走向下一段旅程了。

[08]

最后一个月，陈故先生连信都没空写了，他给我描述过，大概就是站着都能睡着。所以我们两个的联系也就断了。我自己做了一个日历，三十天，他回来的倒计时，我每天都撕掉一张。

我平时除了画画，还会去城市里走一走，看看风景找找灵感，所以也认识了不少有趣的人。巷子里有户人家院前的花开得特别好，他邀请我可以带朋友来赏花喝茶。我有个写文的朋友正好也闲着，我们俩就常常边喝茶边聊人生。

宋同学来找我的那天我正好在喝茶，他说在附近采景，顺便过来看看我。他拎了几大袋水果，不知道的还以为他是来看望孤寡老人的。

大约有半月不见，我感觉他整个人的气质变了，好像一下子重回少年时代。我朋友问："你还有上高中的弟弟？"

我说："这是我高中同学，毕业很多年了。"

等我朋友走后，我问他："最近你有什么喜事吗？这么开心。"

宋同学说："我的心结打开了，感觉整个人生都明亮了。我打算辞职，先旅行半年，试着去喜欢其他人。虽然大家都说一见钟情钟的是脸，但是其实我还挺想体会一下一见钟情的感觉，我看过那么多美女，都没有让我一见钟情的，所以对我来说不是看脸，是那一瞬间的感觉。”

我问：“什么感觉？”

宋同学说：“你对陈故是一见钟情吗？”

我说：“不是吧？那时候我不知道是什么感觉，就觉得这个人蛮好看的，相处了觉得他不但好看而且有趣，就自然而然喜欢上了。”

宋同学说：“陈故也是这么跟我说的。你说我们班那么多女生，他怎么就一眼看中你了，好神奇是不是？”

我想说更神奇的难道不是全校这么多女生，你偏偏看中了隔壁班的肖姑娘。不过我没说出来，我下意识想避开肖姑娘，但我没想到宋同学自己提出来了。他若有所思地说：“不过我更神奇，全校这么多女生，我就喜欢她。”

临走前，他跟我说：“现在的范围更大了，有全世界这么大，我要精准地把我的她揪出来。”

揪出来？这个词他用得……还挺贴切的。

祝他好运。

[09]

我跟宋同学其实还聊了高中的一些事。寒假过后，高考的日子临近，压力聚在每个人的心头。有一段时间，班级里的气氛都是很压抑的。老师有尝试带我们做过心理疏导，但是又有同学反对，说耽误他做题。

老师也很无奈，就说谁如果觉得难受一定要找他，或者找朋友倾诉，别憋在心里。

陈故就来找过我。

是某天的大课间，休息二十分钟，好多同学都趴下补觉。一般这么短的时间我也睡不好，所以我就继续写卷子。坐在我前面的同学出去了，陈故坐了下来。

我吓了一跳，还有点心虚。

陈故笑我："你心虚什么？"

我说："万一被老师看见又要冤枉我们了。"

陈故说："他冤枉我们了吗？"

我想了想，还真没有。我无语地看了陈故一会儿，问："什么事？"

陈故说："老师不是说，觉得难受一定要找朋友倾诉吗？"

我看他那样子都觉得他好得不得了，没好气地问："你哪里难受？"

陈故突然一本正经地问我："你艺考成绩出来了吗，去哪里？"

我想也没想，说："不出意外的话就是美院了。

你呢？”

陈故说：“我有想做的事。”

我有点意外，因为陈故的理科成绩特别好，我一直以为他会考金融之类的专业，没想到他想开飞机。

陈故说：“我想去报名，你觉得怎么样？”

我蒙了，什么叫我觉得怎么样，我算什么啊？这是他的人生大事，我以什么身份指手画脚？我结结巴巴地问：“你跟父母商量了吗，他们怎么说？”

陈故说：“他们同意了。”

我说：“那就行。”

陈故问：“那你呢？”

当时都快上课了，我前桌的同学也回来了，眼看就要走近了，我紧张得冒汗。陈故又说：“我觉得这样的人生大事得让你参与，你先想，想好了再告诉我，你不让我去，我就不去了。”

然后他就走了，我胡思乱想了一节课。

想着想着，我逐渐想通了陈故为什么会来问我。在我们的心中，我们肯定没有结束，等毕业了还是可以在一起的，如果大学能在一个城市当然更好了。如果他去飞行学院，肯定没那么自由。

我觉得陈故太坏了，他把自己的未来和我们的未来丢在我的面前让我全权决定，这责任太重了，我根本不敢选。

不过结果你们也看到了，我选择了陈故的未来。后来我们结婚了，我问起这件事，问他是不是我不让他去，他真的不去。

陈故说：“其实我现在想起来确实很幼稚，把未来交给别人抉择，甚至有点恋爱脑吧。但是当时我是真情实意的，想让你参与我做的每一个决定。”

他拉着我的手，说：“如果时间重来，我也会这么做，但是我不会给你那么大的压力了。我会很笃定，不管怎么样，我们都会在一起。”

我的鼻子一下子就酸了。

是的，不管我们怎么选择，我们最后还是在一起了。

[10]

宋同学跟我说了一件我不知道的事情。

他问我还记不记得百日誓师后，陈故请班里所有人都吃了蛋糕，我说当然记得了。全班同学都惊呆了，没想到陈故那么有钱，隐藏的富二代啊。

宋同学说：“其实是陈故想跟你庆祝一下百日誓师，但是专门给你送蛋糕太明目张胆了，所以就……”所以他就请全班吃了。

这是什么偶像剧情节，我为什么才知道！

[11]

去年下半年，我跟陈故去看了一场演唱会，主角是高中时代最火的歌手。那时候，我们整个班都在疯狂地迷恋他，中午的广播也时常会放他的歌。

陈故倒还好，他喜欢另一个歌手，据说是因为笑起来像他。不过我提出要去看演唱会的时候，他很快就买了票。

我很没出息地在演唱会上哭得一塌糊涂，陈故就一直给我递纸巾。等出了场馆后，我特别不好意思，说："他真的是我的青春了，就像××是你的青春一样，下次他办演唱会，我陪你去看。"

陈故先生看着我，说："不用。"

我说："你别跟我客气了。"

陈故说："真不用，因为你才是我的青春。"

我正哭着呢，因为这句话眼泪一下子止住了。

这个人真是的，有时候感动也让人猝不及防。

[12]

我和陈故买房子的时候纠结了很久，因为他的工作，意味着很长一段时间我都要自己生活。

如果我们住在一起，可能相处的时间还会长一点。但是长辈也说了，现在最好就把房子买了。

由于决定得突然，有些钱一时还没办法到位，我就去找朋友先借了点。很多朋友二话不说，直接转钱过来，明明大家都是没钱的，就那点小存款，还是说转就转。有的说下午去银行存，有的问急不急，看看卡里有多少，有多少转多少。

当时我是有点想哭的。

我们还没有长成大人，还没有那么多的为难与推辞，真好真好。

你赠他人以赤诚，他人必将赠你以赤诚。

准备结婚的时候，我和陈故先生就开始看房子。根据两人的需求，我们去各个楼盘看。我们都没买过房子，看得眼花缭乱，听售楼部小姐一个个介绍，出来的时候晕晕地在路边休息。

陈故拿着售楼部小姐给的宣传单，很认真地看着。我突然觉得很不真实，觉得这一幕只有梦中才会出现。

因为我上次见陈故这么认真看东西，他看的还是课本，怎么一眨眼这个人就跟我一起在看房子，准备过一辈子了呢？

陈故说了一句什么，我没听清，问他："你说什么？"

他无奈道："你怎么走神了，想什么呢？"

我把我的想法跟他说了，他也愣了一下，看了看手中的宣传单，又看看我，恍然大悟："是哦。"

我看着他一副呆萌的样子，一下子笑了出来，他也笑了。他说："你还记不记得，我们有次考试，作文题目是给二十年后的自己写一封信。"

我不记得自己当时写的什么了，不过那时候我整天都在画画，已经不怎么会写东西了，像小学生写作文，肯定写了些有的没的。

我问："你还记得你写了什么吗？"

陈故说："印象深刻。我那时候借鉴了海子的那首诗，希望二十年后的我能有一所房子，面朝大海，春暖花开。"

我说："理想太美好了，现在你有一间房就知足了吧？"

陈故觉得头疼，摸了摸额头，说："你听我说完。"

我说："你说你说。"

陈故说："我在最后写，其实面朝大海，春暖花开，没有这些也没关系，有我喜欢的人就好了。"

我问："这篇作文得了多少分？"

陈故说："离满分还差三分，老师的评语是——好好学习，别想太多。"

我笑倒在陈故的怀里，问他作文还在不在，我想看。他见我笑得那么厉害，根本不愿意给我看，转身就走。

我赶紧去拉他，他头也不回，但是偷偷拉住了我的手。

[13]

有一次，我自拍了好多张照片，发给陈故先生让他帮我挑，看哪张好看。

他一脸为难：“我觉得每张都挺好的，挑不出来。”

这道送命题他居然没答错。

我问：“我可爱吧？”

陈故说：“不可爱。”

我说：“我再给你一次机会，重新说，哪里不可爱了？”

陈故说：“是漂亮啊。”

我……好吧，陈故先生的情话技能不错，他肯定没少看言情小说。

[14]

我说陈故先生没少看言情小说，是因为他们之前动不动就会被没收手机，断掉一切通信网络。他们训练完，有时候还有精力，但是完全没事干，就会看书。

用陈故先生的话说，那几年他看了国内外好多书，以言情小说居多。

陈故先生最喜欢的是《飘》，也译作《乱世佳人》。他说这本书骗了他好多眼泪，因为故事情节太纠结了。我也看过这本书，把我虐得不行，好几天都没回过神来。现在想想我都觉得心口疼，为了抚平我们俩心中的伤痛，我和陈故先生做了一个小游戏。

游戏是：把那些虐人的句子变成甜甜的情话，谁说得最甜谁就赢了，输的人必须无条件地为赢的人做一件事。

这两个人真的很无聊。

我先来，我从网上找到经典句子，念道："我对你的爱已经磨光了，被艾希礼威尔克斯磨光了，被你那愚蠢透顶的固执磨光了……可是再给我一次机会，我还是会爱上你。"

陈故看着我，说："还是好虐，而且好像更虐了。"

我说："对不起。"

陈故清了清嗓子，念道："你想过没有？哪怕是最永恒的爱也会消磨没了的。我没有想过，因为不会。"

我感觉自己像被喂了一口糖，还是陈故的段位高。

我又找了一句经典语句，打算扳回一局："从此，各自飘零，各自悲哀。然后我们遇见，一同欢喜。"

陈故先生惊叹："没想到啊。"

我得意道："到你了。"

陈故先生说："愿上帝保佑那个真正爱过你的人，你把他的心都揉碎了。"停顿了一下，他才说，"但是更愿上帝保佑你，因为只有你在，他的心才完整。"

你们听见了吗？我心动的声音。

啪，我被陈故先生的情话击中，我死了。

[15]

我输了比赛，要无条件为陈故先生做一件事，陈故先生说要想一想。

我威胁他："你好好想，用心想，走心地想。"

陈故先生抖了一下。

他仔细慎重地想了一天，晚上的时候跟我说："我想好了，你明天早上给我做一顿早饭吧。"

他这话一说完，我就沉默了，沉默的同时反思了一下自己，陈故先生的要求为什么这么低，难道我平时就没给他准备过早饭吗？我仔细想了想，好像确实没有。

刚跟陈故先生住的时候，我是想早上起来做早饭的，结果每一次我醒来的时候，陈故先生已经晨跑完并带了早饭回来。

我问他："你怎么能起那么早？"

陈故先生边吃早饭边说："生物钟就在那里，习惯了。"

我很感慨，反正怎么也起得没他早，干脆心安理得地每天早上起来就有早饭吃。我反思完，让他晨跑完不要带早饭回来。

第二天我醒得也不是很早，反正陈故先生已经出去了。我不常下厨，手忙脚乱地打碎了两个蛋才搞定了鸡蛋饼，又煮了粥，看起来很丰富了。

我正沾沾自喜，身后传来敲门声，我回过头，看到陈故先生站在门口。他深深吸了一口气，说："哇，我太幸福了吧。"

我笑了，说："你也太好满足了吧。"

陈故走过来环住我的腰，说："因为没几次，所以我得珍惜。"

我的脸一红，反驳他："我以后会每天早起的！"

"嗯。"陈故端起盘子，"我不舍得。"

[16]

我不太会穿衣服，要不就是穿多了，要不就是穿少了，所以每次一换季，我总是会感冒。而且我还不爱吃药，全靠自己扛过去。我的闺密很头疼，每次都冲好药让我喝，我还不情愿。

我的闺密说："等你决定找男朋友了，一定要找一个会给你穿衣服的！"

我说："话虽然这么说，但是怎么听起来怪怪的？"

后来我跟陈故先生在一起了，慢慢地，我发现他也不怎么会穿衣服，但是他身体好，胡乱穿衣服也不会生病。我就不行了，搬过去后第二周我就感冒了。

那时候，陈故先生还没有那么忙，把我照顾得非常好，不到三天我的感冒就好了。而且我好像还有了抵抗力，第二次换季居然没生病。

但是陈故先生参加封闭式训练后，春天快到来的时候，我又感冒了。身边没人督促我，我就没吃药，结果演变成了高烧。

闺密气势汹汹地跨越半个城市来看我，逼我喝了三大杯热水，等出了汗后，闺密开始数落陈故。

我说：“就是，等他回来我好好骂他。”

闺密愣了一会儿，说：“那陈故还挺好的。”

我说：“你变得也太快了吧。”

闺密说：“我见过太多的男人顾外面，女人在家一句怨言也不好意思说的。你能这么理直气壮地怪他，其实也说明他真的很爱你了，不能在你身边是真的没办法。”

我想了想也是。之前有朋友问，嫁给陈故感觉怎么样，大概就是你想怪他，但是又不忍心怪他，心底又有骄傲又有辛酸。

但是因为爱他，一切都是值得的。

[17]

闺密定了下半年的婚期，是突然定的，她告诉我的时候，我吓了一跳。

她说：“可惜你比我早结婚，不然就能来当伴娘了。”

大概所有的闺密都会有这样的约定，你结婚我当伴娘，生孩子我做干妈。记得刚进大学的时候，我特别不舍得高中的生活和朋友，不太想认识新的人。我妈说：“你别看你现在不愿意认识新的朋友，等到毕业的时候你肯定会哭。”

我当时还不信，后来毕业的时候果然泣不成声。

大学四年，寝室四个人，两个留在大学所在的城市，两个离开，我就是离开的那两人中的一个。我去了一个不太远的城市，但是工作之后没有那么多闲暇时间去另一座城市见朋友，所以几乎一年才见一次。

生疏肯定是有的，但是我们一见面还是有很多话题能聊。

周末，我陪她去试婚纱，看着她穿上婚纱的样子很感慨。时间过得真快，我们都穿上了曾经幻想过的婚纱，要嫁给别人开启另一段人生了。

也许我们会渐行渐远，不再亲密，可我永远不会忘记我们在一起的时光。

[18]

我很挑食，陈故先生很头疼。

临走前，他要给我制订每周的菜谱，以保证我每天都好好吃饭，但是我给他的选项很少。他问：“以前上学的时候，我怎么没发现你挑食？”

我说：“你没发现我只要在外面吃，就只会去那两家店吗？这还不足以说明问题吗？”

陈故先生说：“也是。但是你得吃菌类，很有营养。”

我冷漠地说：“我不吃一切菌类。”

陈故先生耐心地劝我：“洋葱是抗癌的，木耳对身体好。”

我呵呵笑道：“都不吃。”

陈故先生问我：“你觉得你的菜谱是土豆、包菜、花菜和西红柿就可以了？”

我说：“当然不行。”

陈故先生一脸欣慰：“是吧。”

我说：“对啊，还有各种肉类。”

陈故先生被我气笑了，当天晚上带我去超市，扬言要带我买我不吃的菜。结果他挑挑拣拣，最后买的几乎都是我喜欢吃的，我不喜欢的则只买了一点点。我发现这时候的陈故先生像带孩子一样，哄我吃一口喜欢的食物，再吃一口不喜欢的食物。

真是奇怪了，陈故先生做的茄子和木耳怎么那么好吃？

陈故先生得意了：“是爱情的滤镜。”

我说：“那等你回来了再做给我吃，你要是总是不回来，我早晚要营养失衡死掉。”

“呸呸呸。”陈故先生连呸了好几声，说，“我会早点回来的，等你吃腻了土豆、花菜、包菜和西红柿。”

我说：“那不行，我永远吃不腻它们，就像我永远都看不腻你。”

陈故先生呆滞了。

我哈哈大笑。没想到吧，有朝一日我的情话能打得过陈故先生。

[19]

记一次谈恋爱时的聊天记录。

某日，我所在的城市下雪了，陈故先生十分哀怨他那边没下雪，我很嘚瑟。

我说：嘿，你那里下雪了吗？

陈故先生回：没有，下一个。

我问：那你愿意花五块钱听一个秘密吗？

陈故先生说：不愿意，下一个。

我说：你再说一遍。

陈故先生说：你喜欢我已经不算秘密了。

[20]

我每次看辩论赛的状态都是：正方说得好有道理，反方说得也好有道理。我像一根墙头草，谁发言我就站谁那边。

我问陈故先生："你呢？"

陈故先生说："你说得很有道理。"

这个梗接得……我有点冷。

[21]

有次我接了一个任务，给某家公司画宣传画。甲方要求很多，我改了很多次画。因为这幅画，我差点秃头，每天一上线就怕看到负责人来跟我说改哪里，而且每次改的点都不一样，焦虑得我将近半个月都没睡好。

结果最后负责人很委婉地告诉我，他还是觉得第一版好。

我一下子就被气哭了。

是真实的哭，我就觉得特别委屈，还不敢让陈故先生听到，捂着嘴巴任眼泪流，但还是被他发现了。他打开书房的门，问我怎么了。

我一见他就更委屈了，眼泪流得更厉害了。他搂着我，拍着我的背没有继续问，就一直让我哭。哭到终于停下来了，我才哽咽地跟他说了这件事。

说完，我还觉得不好意思：“也不是什么大事，就是有点崩溃，一会儿就好了。”

陈故先生说：“什么不是大事，本来就是大事！这人是不是闲的？觉得不挑点毛病就白拿工资了？一点决策力都没有，他怎么当负责人的？气死我了，咱家缺他们公司那点钱吗？凭什么你要受这样的委屈？”

说实话，我很久没见陈故这个样子了。我们重逢后，他在为人处世上变得很成熟，特别知进退，我以为他会跟我讲道理，说工作就是这样之类的话，可是他没有。

可能是看到我呆呆地看着他，他笑着问：“怎么，你以为我会跟你讲道理？”

我点点头。

陈故说：“讲什么道理？他都让你受委屈了，还有什么道理可以讲的。再说了，道理你不是都懂吗？”

确实是的，不知道你们有没有过这样的经历，发生了一件事，你去找人倾诉，希望对方跟你一起痛骂，才觉得出了一口气，结果那人跟你讲道理。

道理谁不懂呢？我现在就想有个人陪我发泄一下情绪。

情绪发泄完了，陈故先生贴心地给我擦了擦眼泪，说：“好了吧？要我帮你回他吗？”

我说：“我自己来吧。”

然后我在键盘上打字：好的。

长大真的很累，但是长大了还有人无条件地陪着你，真好。

[22]

网上有段时间流行土味情话，我找了一个去撩列表里的人。

我先发给闺密。

我说：你能不能不要再丢东西了？

我闺密回：对，钱是我丢的。给我吧，谢谢。

我有一场架想跟她打一打。

撩了一圈后，我发土味情话给陈故先生。

我说：你能不能不要再丢东西了？

陈故先生说：怎么了，我把我的心丢在你那里了吗？

我呆滞：不是，我想说你别丢下我。

[23]

去年大概十一月份，我跟朋友一起去了鼓浪屿。朋友也是画画的，我们俩属于网友见面。我问陈故先生担不担心，因为我看网上人家男朋友都不放心自己的女朋友，完全把女朋友当女儿养。

陈故先生一本正经地说：“你还是好好当我的老婆吧，我对老婆比对女儿好。”

我说：“好好好，那我现在要去见网友了，身为丈夫的你担不担心？”

陈故先生说：“我担心啊。”

我说：“好，你不信任我。”

陈故先生满脸疑问：“啥？”

我说：“我也是成年人，你应该相信我。”

陈故先生说：“我相信你会把自己照顾好，你有这个能力。但我还是有点担心。可我又不愿意你负担着我的担心出去玩，如果被你同伴知道了，她会有压力的。你只要准时天天向我报告你的行踪就可以了。”

我的天哪，我是从哪里捡来的这样一个三观正的小哥哥？真是一个宝藏。

[24]

我想起一件有点尴尬的事。我不记得陈故的生日，也不算不记得，就是一直记的是错的。我是在同学录上看到他的生日的，不过可能是他的字太潦草了，以至于我看错了。在不见他的五年里，每次一到那天，我还会特地发微博，不点名地说句生日快乐。

刚在一起第一年，他过生日，我零点准时发去生日祝福和红包。

陈故先生：领还是不领？这是一个问题。

我说：钱不多，你拿着。

陈故先生说：好，我今天过生日。为了你，我决定提前老一岁。

我说：啥，你不是今天过生日？

陈故先生说：我是。

我说：我居然一直记错了！

陈故先生说：你没有，我就是今天过生日。

我说：看在你这么安慰我的分上，再次祝你生日快乐。

陈故先生说：看在你记错我生日的分上，让我多许一个愿望。

我问：什么愿望？

陈故先生说：我希望江迢迢女士多多爱陈故先生，早点跟陈故先生回家。

[25]

有朋友看我记录日常，问我：“怎么都记录着甜蜜的事？难道你们都不吵架的吗？”

这话把我问住了，我们怎么可能不吵架？两个人只要相处，应该就没有不会吵架的吧。只是我比较习惯于记录开心的事情，甚至会用便利贴把每天让我开心的事情记下来贴在墙上。

其实，陈故先生没有那么完美，他有时候也会有点小脾气，而且他还特别没有安全感。

很难想象吧，一个能承担家国责任的人居然会没有安全感。

因为他还有一个弟弟，所以他从小不敢太任性，总觉得要拿出点长兄的气势和担当。他表面上看起来好像做得还不错，其实很没有安全感。

比如，他每次睡觉都会抱着我睡，就算不抱着，也会攥着我的衣角，像一个小孩子。

我问他："我又不会跑，你拽那么紧干什么？"

陈故先生说："谁知道呢，你不是跑了五年吗？"

我就很无奈，缺失的五年是我们共同默认的事情。因为当时他决定去北方的时候，就意味着我们即使在一起也是异地，那还不如不开始。我们很聪明地没有再提在一起的事情，很平淡地分开了。

我记得那时候，最后一天在学校，我推着车子走出校园，固执地不肯回家。我就站在那里静静地看着教学楼，还想再看陈故一眼，可是等到最后，他都没有出来。

我知道他在逃避，他不敢面对即将分别的场面，所以干脆不要让这种场面出现。

其实我有点失望的，因为我想坦坦荡荡地跟他说一声再见，跟青春说一句再见，可是他都没有给我这个机会。

后来跟陈故先生谈恋爱后，我很少主动离开。我们已经变得成熟，不会再幼稚地冷战吵架。我很郑重其事地告诉过他，缺失的安全感可以弥补，反正我以后都不会离开他了。

现在想想，当初毕业的时候，我还好没有跟他说一声再见，所以我们还有再见的机会。

[26]

我读到了一首诗。

诗里面提到了许多偏爱，比如“我偏爱写诗的荒谬，胜过不写诗的荒谬，我也有偏爱，我偏爱沉默，偏爱距离，偏爱笨拙的善良，偏爱各不相欠，偏爱慌张的破绽，胜过圆滑的完美，偏爱，小部分人。”

我呢，我偏爱北方的雪，偏爱骤然而至的春光，偏爱三千里的北风，偏爱江南的小桥流水，偏爱凌晨三点的海棠。

我偏爱，陈故先生。

[27]

我近视，还不肯戴眼镜，配了一副眼镜也只有去电影院看电影的时候才会戴，这导致我干过很多蠢事。

比如逛街的时候，我转个身拉错了人。

有次我买个东西，回头找陈故先生，那天天也暗，那人跟陈故先生的体型、发型都很像，我就直接上手挽住了对方。那人受了惊，一把推开我，我还不乐意，心想怎么了，我们光明正大的，怎么连拉个手都不许了？

结果这时候，我看到陈故先生一脸无奈地站在我对面。

我有一万个省略号要说，最后灰溜溜地跟人道了歉，小跑到陈故先生身边，恨不得钻到地下去。陈故先生偏偏还在说我："我长得那么没有辨识度吗？你又认错了。"

嗯，对，这不是第一次，我相信也不是最后一次。

[28]

我跟朋友一起去的鼓浪屿，她是典型的北方妹子，大大咧咧，笑容开朗，最喜欢吃馒头，所以我暂且叫她馒头吧。

馒头跟她老公是前年领的证，老公是业内很厉害的设计师，跟馒头相识是因为工作，后来就向她展开追求，两人顺理成章地在一起了。

我们俩坐在海景房的飘窗上，聊她和她老公的爱情。

馒头跟我说："我从来没想过会这么顺利。"

我说："你说这样的话小心被打！顺利多好。"

之后，馒头跟我说了她之前谈的恋爱。她从初中就开始谈恋爱，而且一谈就会谈很长时间。她的第一个男朋友在两人异地后劈腿，她伤心了很久，开始认识各种各样的男人，后来又谈了一场恋爱。

馒头说："我说出来你别嘲笑我，我是因为他家太穷了才跟他分手的。真的，他对我特别好，好到什么都可以为我放弃，让我觉得他只有我了。可是那种感觉很可怕，不过是以爱之名给我上了一道枷锁而已。我不怕穷，怕的是拖累。一个人生活已经很苦了，再拖上他那一大家子，我会疯掉，所以我选择了及时止损。"

分手的时候，男人骂她势利眼，但还是不肯放她走，她几乎是逃也似的离开了那座城市。

后来，她遇见了她现在的先生。

她现在的先生没有多有钱，好像也没有对她特别好。他给她自由的空间，让她觉得他们的爱情是健康的。她若有所思地说："要是早点遇到他就好了，不过也有点不可能。如果早两年我遇到他，肯定不会喜欢他。他太像一个老干部了，喝茶、看书、养生，年轻气盛的我哪里会看得上他？所以不能遗憾以前，要看现在！"

我被馒头姑娘狠狠地灌了一口鸡汤，然后偷偷摸摸地给陈故先生报平安。一抬头，我看到馒头也在跟我干同样的事，我们俩一对，才发现收到了一样的叮嘱，不由得笑作一团。

可见，不爱你的人有一万种不爱你的方式，爱你的人只有一种方式，那就是尽可能以让人舒服的方式爱你。

[29]

某天晚上，我和陈故先生睡前又在聊天，而且聊的问题很深奥，是关于梦想的。

我说，我发现我们两个人是目标挺明确的那种人，在高中时代就知道自己想做什么，并且奔着这个目标一直努力着。

陈故先生沉默了一会儿，突然说："其实只是你，我的目标不明确。"

我说："啊？"

陈故先生把床头的月亮灯打开，说："你没看我高中的时候特别不争气吗？我玩没有好好玩，学也没有好好学。我喜欢人不敢告白，告白了不敢在一起，在一起了不敢想未来。我那段时间很沮丧。"

我惊呆了："完全看不出来。"

陈故先生笑了笑，说：“你当然看不出来，我多好面子，哪里肯让人看出来。”

我打了他一下：“死要面子。”

陈故先生抓住我的手，轻轻地拍了拍我的胳膊，说：“不过后来还好，虽然你不知道，但是因为你在，陪我度过了那些日子。我现在想想，还好没当你的同桌。”

我笑着问：“怎么了，你怕我影响你学习？”

陈故先生说：“不是啊，你坐在我旁边，我怎么光明正大地偷看你？”

这理由找得，还真是那么一回事。

[30]

不见陈故先生两个月，我特别听他的话，吃完晚饭都会去散散步。我住的地方接近市区，沿着路走很热闹，几乎不会有危险。我每次都沿着路走到附近的公园，然后坐下来看一会儿星星，再走回去。

虽然一个人散步也挺安静的，但有时候我还是会觉得有点孤独。

今天，我在河边的秋千上晃晃悠悠地荡秋千，矫情劲上来了，发了一条朋友圈：唉，你怎么不在我身边呢？@我的小姐妹。

然后我就低头刷微博刷知乎，还有好友来问我怎么了，朋友圈也有不少人评论。我点开朋友圈一看，陈故先生居然给我评论了：虽然我不是你的小姐妹，但是你抬下头。

我连忙抬起头，惊讶地张大了嘴巴。

眼前这个陈故先生是从天上掉下来的吗？

我那个时候突然想到网上一句特别文艺的话：我翻过雪山，跨过草地，我千里迢迢，风尘仆仆，只为你而来。

[31]

陈故先生回来后就开始呼呼大睡，完全叫不醒的那种，我也知道他累了，就没有打扰他。等他终于睡够了，已经是第二天下午了。

他穿着睡衣，神清气爽，跟我说那时候他根本不敢睡，可能刚一睡下还没睡着，那边就有事。

我听着觉得心疼，陈故先生说："回家真好，我可以放心大胆地睡觉。"

真好，有朝一日，我也能成为陈故先生最有安全感的港湾。

[32]

每周二的下午，我都会去书店看书。周二下午的书店里基本没什么人，特别安静，会让我这种平时不怎么看书的人静下心来。

我看的书基本上是名著科幻小说之类的。有一次，陈故先生陪我去书店，我坐下之后就开始看书，翻了两页后发现不对劲，陈故先生没跟我一起坐下。我心想这书店还挺大的，他不会迷路了吧？于是起身去找他。

我绕了一大圈也没找到他，往回走的时候，却看到他在一个书架旁翻书，我抬头一看：《养生健康》。

行吧，这很健康。

[33]

陈故先生的爷爷去世得很突然，据说是摔了一跤，上午还好好的，晚上突然就不行了。当时陈故先生在值班，所以我婆婆先联系的我，我再找的陈故先生。

我整个人都在发抖，因为我特别害怕他崩溃，换位思考一下我都觉得难受。他比我想象的要镇定，电话那头安静了好长一段时间，他才说："好，我知道了，你收拾下，在门口等我。"

我快速地收拾了一下行李，在门口等他。他一到，我们立刻就出发了。那时候已经很晚了，整个世界都很安静，一路上几乎碰不到人。

我对那晚的情形印象太深刻了，车子出了门，在马路上一路往前行驶，再上高速。适应了黑暗后，我能看到高架桥外大片的麦田。陈故沉默地开着车，我想安慰他，又不知道从哪里说起。那时候我真的很恨自己嘴笨，什么都做不了。

后来我用手攥住了陈故的衣角，他回头看了我一眼，对我笑了笑，说："没事。"

那个笑容实在太令人难受了，他明明已经难过到了极点，却还在忍着痛楚去宽慰我，以免我太担心。我别过脸，眼泪唰地就流下来了。

陈故说："迢迢，你要是困就睡一会儿，别强撑着，回家可能不能睡了。"

我哪里睡得着，但是为了让陈故放心，我还是闭上了眼睛。太无奈了，那种心爱的人遭受灾难，自己却无能为力的感觉太令人难受了。

我们这次回的是老家，越接近目的地，路越难走。天也微微亮了，我说："你别憋在心里，有什么就跟我说。"

我听到陈故"嗯"了一声，说："你陪着我就好了。"

到家后，陈故先生把我送到房间里让我好好休息，他看了眼时间，说："你也不能休息多长时间，睡一会儿就得起来，我到时候来喊你。"

我实在很困，勉强睡了一会儿，然后就被人叫醒了。不是陈故，应该是哪个我见过的亲戚。葬礼烦冗且复杂，外面的哀乐已经响起来了。

我换上孝服，走出房间，看到陈故先生站在人群中说着什么，像是在分派什么任务，他太冷静了。一切都有条不紊，灵堂前从父辈开始哭灵，一拨接一拨。他看见我，走过来拉住我的手，说："你跟我来。"

我和陈故先生一起跪在灵前。其实我刚嫁过来没有多久，但是在那一瞬间，我突然想起上次和陈故先生跪在一起是在我们的婚礼上。当时爷爷身体已经很不好了，含混不清地说着祝福的话，一想到这里，我一下子就哭了出来。

陈故拉着我的手紧了紧，安抚地拍了拍我的手。我看向他，看到他的眼泪一颗一颗无声地砸下来，心里更是觉得疼。他无声地哭了一会儿，然后站起来，带着我退到一边。

老家这边的习俗是要守灵三天，子孙辈都睡在灵堂前，留一两个人守护盆里的火不灭。陈故是长孙，是必须守灵的，他让我去睡觉，我拒绝了。

陈故拿我没办法，默认我留下来。夜晚很安静，大家都累了一天，很快就睡着了。陈故沉默地往盆里扔着纸钱，我上前搂住他，说："你别憋着啊。"

陈故愣了一会儿，突然哭了起来。他靠在我的怀里，像是释放了所有的压力，哭得像一个孩子。

怎么会不伤心呢？那是看他长大的人，是很爱很爱他的人。

我想，陈故先生又少了一个爱他的人，我以后要更加爱他。

[34]

丧葬过后，大部分人都走了。我和陈故留下来处理后续的事情，所以在这里多住了两三天。等林林总总的事情处理完，陈故长舒了一口气，让我陪他出去走走。

陈故小时候是在这里长大的。后来他上学了，每年暑假都会回来，所以他对这里的一草一木都很熟悉。他指着一户人家的屋顶说："你看那个屋顶，是平的，而且没有护栏。我们小时候就在那里玩，而且没有大人看着，居然没有掉下来，我们真是福大命大。"

我一看那个屋顶，还挺吓人的，一层楼的高度，没有任何防护。

我们又顺着一条小巷子到了另外一个地方，那里有一个巨大的坑，看样子以前是一条河。据陈故说，他一出生这个坑就在，下雨的时候会汇聚成河，晴天的时候则干涸，可以容人肆意奔跑。他和小伙伴们最初不常来这里，都怕大坑里会出现怪物，后来再长大一点，就在这里玩地道战，滚了一身泥回家，然后被大人骂。

“还有这里，是我常来的地方。”

陈故先生带我往相反的方向走，绕了几条路，那里是一个比较小的泥坑。他说以前就在这里捉泥鳅，从淤泥里面出来，他简直比泥鳅还脏。

泥坑旁的一户人家有陈故小时候的玩伴，他出来跟陈故打招呼。当初的小少年都长大了，有了不同的人生轨迹，早就不是一个世界的人，但回忆起童年的事，还是会勾起那时候美好的回忆。

我很高兴陈故先生能跟我分享这些，忽然想到网上很流行的一段话——

总有一天，会有一个人，让你看他写过的所有日记，读完他写的所有文章，看他从小到大的所有照片，甚至去别的地方寻找关于他的信息，试着听他听的歌，走他走过的地方，看他喜欢看的书，品尝他总是说好吃的东西……

只是想弥补上，他的青春，你迟到的时光。

[35]

我们在小村庄里转悠了一下午，绕到了后山。山不是很高，听说有一个很有名的庙，我提议想去拜一拜。

于是我们就开始上山。我不常运动，没走两步就走不动了。陈故先生笑我，唠叨我回去得办一张健身卡去健身，我说："我都要累死了，你还笑我！"

陈故更放肆地大笑。这是这几天来，我第一次见陈故这么开怀大笑。我看着他笑，最后也跟他一起笑起来，伸出手："你赶紧背我。"

陈故很乖地蹲下来，我爬到他的背上，说："走吧，去许愿。"

陈故问："你要许什么愿望？"

我说："不是说愿望说出来就不灵了吗？"

陈故说："迷信。"

我哈哈大笑："不然我为什么要去许愿？"

陈故说："你快说，不然我把你扔下去。"

我无奈道："好吧，许一个我们永远不会分开的愿望。"

陈故说："你不要许这么容易实现的愿望，神仙会生气的。"

我一愣，才意识到陈故说了什么。是哦，我们会在一起一辈子是毋庸置疑的。那我要再想想，换一个什么愿望比较好。

我和陈故那天各许了一个愿望，都没有告诉对方，但我猜我们的愿望相似，都希望对方可以一生平安顺遂。

[36]

从陈故先生的老家回去后，我们顺便回了一趟我家。礼尚往来，我也想带陈故先生去一下我小时候的秘密基地。

我们家住得离铁轨很近，晚上睡觉都能听到火车运行的声音。在我很小的时候，铁轨还没有现在的防护栏。我们经常会走到铁轨上玩，尤其是夏天，下过暴雨后，四处传来蛙鸣，我们沿着铁路走很远很远的路。

有一次，我的印象特别深刻。我和发小放学回来，走在铁轨上，突然听到后面有火车的汽笛声，回头一看，我们离火车特别特别近，当时真的魂都吓飞了，赶紧跑下去。

现在想起来还心有余悸，我跟陈故先生说："你看，我们两个都是死里逃生的人，都不容易。"

陈故先生是第一次听这件事，有点后怕地拉着我的手，叮嘱我："以后你离铁轨越远越好。"

然后他赶紧拉着我走了。

嗯？说好的回忆我的童年呢？他不听了？

[37]

我以前一直以为男生玩游戏会有点天赋，像我表弟才六年级，玩游戏就玩得风生水起。但是我没想到，陈故先生是一个例外。

之前我们俩双排“吃鸡”，玩了五局，他三局落地成盒。

我无语地看着他：“先生，你这样让我很失望。”

陈故先生要面子，他不看我，说：“再来一局，我这是拿真枪拿惯了，不太懂游戏里的配置。”

于是再来一局，可能是专业的原因，陈故先生最喜欢的环节是跳伞，甚至不愿意往下跳。他问我：“为什么不能在飞机上作战？高空我可以啊！”

我说：“这一架飞机上都是对手，要混战吗？”

陈故先生沉默了，我带他一起跳伞。我其实玩得也不好，说带他，不如说一起苟着。我们俩小心翼翼的，先武装好自己，我说：“你猥琐地跟着我就行了。”

陈故先生反驳：“我跟着你，没有猥琐。”

我说：“好好好。”

我跟陈故先生的等级都不是很高，对手也不是很强，安全区也越来越少。陈故先生开车载着我，喊我：“你看，这片天空好好看！你看，那边有河！哎哎哎，这个房子不错啊！”

我想打他。

我提醒他："我们是来战斗的，不是来旅游的，你这样的队友是会被人投诉的。"

陈故这才不情不愿地往安全区跑去。打到最后，我们居然有幸吃了个鸡，看了看战绩，好，够陈故先生吹一个月的了。

他的勋章是：带妹吃鸡。

我默默地朝他竖了一个大拇指。

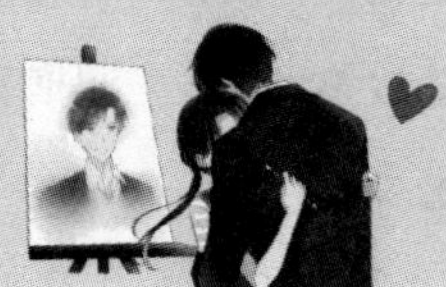

Chapter 5
你是我最盛大的飞行

TOU

TOU

JIA

KE

TANG

[01]

我最近工作不是很忙，便张罗着想养一只狗，美其名曰找小动物陪丢丢。陈故先生和我一起抱着丢丢去领养狗，看丢丢喜欢哪个就带走哪个。

陈故先生说：“丢丢知道什么？估计它一个都看不上。”

我说：“那可不一定。”

没想到丢丢真的看上了一只金毛。金毛很小，好像才一两个月大，睡眼惺忪地窝在它的小窝里。丢丢趴在玻璃房外，叫个不停。

我问：“丢丢，你是不是喜欢它？”

丢丢还在叫。

我跟陈故先生说：“你看，它喜欢。”

陈故先生说：“那就它了。”

因为有过养宠物的经验，所以小金毛来我们家没有受丝毫的苦，很快就融入了进来。但是对于它的名字，我和陈故先生有了分歧。

我说：“一只狗叫什么不好，为什么要叫猫咪？你叫得出口吗？”

陈故先生对着小金毛吹了下口哨，喊：“猫咪！”

我鄙视了一下这么幼稚的陈故先生，然后拿出纸，上面写了好几个名字，我说：“跳跳、花花、只只，你挑一个。”

陈故先生问：“既然叫跳跳，为什么不叫迢迢呢？”

我说：“因为迢迢是你的老婆。”

陈故先生笑得直不起腰来，被我打了一顿才恢复正常。

他问我：“你觉得花花好听是认真的吗？”

我说：“那当然了。”

陈故先生点点头，说：“那好。”他朝小金毛喊，“花花猫咪，过来！”

我被他气死了。

后来小金毛还是叫了花花，虽然我敢肯定，我不在的时候，陈故先生一定会喊它猫咪。

[02]

我所在的粉圈又跟别家的撕起来了，我围观了几个小时，也下场反黑，最后觉得很无奈。陈故先生回来的时候，我跟他说了这件事。

陈故先生一脸疑惑：“××？××和×××不是好朋友吗？为什么他们的粉丝会撕起来？”

我说：“对啊，他们是很好的朋友，而且两人在出道之前就认识。粉圈有首歌特别适合他们，‘没繁花红毯的少年时代里，若不是他，我怎么走过籍籍无名’。那时候粉丝还不知道在哪里，现在有什么资格去谩骂他的好友。”

陈故说：“再好的朋友，粉圈这样吵也会生疏吧。”

我说：“对啊，粉丝巴不得他们的哥哥只有他们，哥哥身边的人都是吸血鬼，都是蹭哥哥的热度炒作。啊，我气死了。”

陈故先生拍拍我：“别气别气，不管粉丝怎么说，其实说到底，陪在两个人身边的还是彼此。退一万步来说，如果真的没有转圜的余地了，那些寂寂无闻岁月里的陪伴也不会被销毁。而且我们普通人的友情都会淡，凭什么他们要一直好下去呢？”

我有点蒙：“虽然你的话有点伤人，但是好像真的是这个理。”

我想起一句话也很适合粉圈：和平与爱。

[03]

我最近发现陈故先生有点膨胀，仿佛学会了杠上开花这项技能。

比如我问他：“给花花买狗粮，买哪个牌子好？这个牌子说有营养一点，但是那个牌子的品质有保障一点，我好纠结。”

陈故先生说：“随便，都买来试试。”

我说：“你也太敷衍了吧。”

陈故先生抗议：“没有！”

我不理他了，专心去挑狗粮。过了一会儿，我又问：“花花的窝你说放在哪里好？是放在客厅，还是次卧？放在客厅的话，靠近阳台，还是靠近沙发？”

陈故先生一脸冷漠，不理我。

我戳了戳他：“你还学会装不在线了是不是？”

陈故先生说：“你那么纠结，为什么不把它放到我们屋里？”

我恍然大悟：“对啊，我怎么没想到，你平时不在，它还能陪着我。”

陈故先生转过身打游戏，几声枪响后死得很惨。

我说：“哎呀，你死了。”

陈故先生说：“对啊，自从某只小金毛搬到这里，某个叫迢迢的人就再也没有陪我打过游戏，我也没再吃过鸡。”

我这时候才察觉他的语气有点酸溜溜的。我放下手机，拽了拽他的袖子，问：“你怎么啦？”

陈故先生突然站起来，走到猫爬架旁把丢丢抱起来了。他正对着我，丢丢叫了几声，他说：“你听到了吗？”

我有点蒙：“听到什么？”

陈故先生说：“丢丢在说它吃醋了。它让你别总关心花花，不然它要吃醋了。”

好的，我知道了，陈故先生吃醋了。

[04]

最近的歌单分享。

《请跟我联络》：什么都可以错，别再错过我。

陈故先生打来电话。

我接通了电话：“怎么了？”

陈故先生说：“我跟你联络。”

我笑出来，突然觉得这首听起来有点心酸的歌居然也可以甜甜的，就是那个你想要他联系你的人，随时可以联系到。

《牵丝戏》：你一牵我舞如飞，你一引我懂进退，苦乐都跟随，举手投足不违背。将谦卑温柔成绝对。

陈故先生：我喜欢里面的一句歌词。我和你，最天生一对。

《我多喜欢你，你会知道》：我喜欢你的眼睛，你的睫毛，你的冷傲，我喜欢你的酒窝，你的嘴角，你的微笑。

陈故先生：我喜欢你，全世界都知道，我会继续，请你准备好。

《纸短情长》：怎么会爱上了他，并决定跟他回家，放弃了我的所有我的一切无所谓。

宋同学：纸短情长啊，诉不完当时年少，扎我的心了。

陈故先生回复宋同学：你别想了，以后你的故事也不是只有她了。

我回复宋同学：你出去玩得怎么样？

宋同学回复我：我陪她步入蝉夏，越过城市喧嚣。

我回复：知道了，你记得带她回来。

《记昨日书》：你可知这百年，爱人只能陪半途。你且信这世上，至多好景可虚度。

陈故先生：将昨日事，归欢喜处，我需要你来渡。

我们的共同好友：救命！这个男人怎么那么多情话要说？求开班！

（我也匿名要求陈故先生开一个情话班。）

[05]

宋同学给我和陈故先生各寄来了一张明信片，明信片的背面写满了东西，而且还必须两张放在一起才是完整的。

陈故先生冷笑道："他尽整这些没有用的东西。"

我没空理他，把两张明信片拼在一起，读道：陈故，迢迢，我在林芝给你们寄这两张明信片。林芝的桃花开得特别好，你们真该来看一看，拍一组很浪漫的照片。不过不来也没关系，你们点开我的朋友圈，我带你们看桃花，嘻嘻。出来快半个月了，我沿着迢迢给我的路线去了很多地方。这边的天很低，视野很辽阔，会让人的心境变得不一样。

我读到这里，说："我好恨，做好了攻略先让他去了，等他回来不把攻略修得更完整，休想离开我们家。"

陈故先生狂点头："按着头让他写。"

我们达成共识，继续读信：对啦，我再次有幸体会了怦然心动的感觉。我这个年纪了，会脸红心跳真的很不容易，所以我会好好珍惜，争取把她带回去。哇！我真的要带人回来了，厉害厉害。

陈故先生说："他的条件又不差，只要放开心，肯定会有人愿意撞进来。"

我说："他也真能忍住不秀恩爱，非得写信，也不知道那个女孩长什么样。"

陈故先生说："我知道她长什么样。"

我问："他给你看过？"

他把明信片翻过来，正面是一望无际的大草原，宋同学和一个女生手拉手，站在一起笑得很灿烂。

我想收回刚刚那句话。

他这个恩爱秀得很明显了！

[06]

我最近找了一份工作，在某个画室教小孩子画创意画。我好久没有做这种朝九晚六的工作了，刚开始的时候真的很不习惯，每天早上起来第一句话说的是：“我不想上班。”

陈故先生说：“你不想上班？那就别去了，反正在家画画也能赚钱。”

我说：“不行，我得去，我要上班！”

陈故先生无奈地看着我：“那你明天早上别说不想上班。”

我答应得很好，第二天早上也确实没说，我说的是：“人为什么要上班？”

陈故先生笑着说：“因为穷。”

我问：“我们穷吗？钱够花不就行了吗？生不带来死不带去的。”

陈故先生说：“你说得很对，别去上班了。”

我白了他一眼：“什么人啊，你劝人家不要上班，小心我老板知道了骂你。”

陈故先生一脸无辜地说：“我又做错了什么？”

工作压力太大，以至于我每天都要怼陈故几次才能踏踏实实地去上班。不过他经常晚上不回来，我早上找不到人说话，就发消息埋怨他，他不在都没人让我释放压力了。他发来语音：“你先拿丢丢和花花凑合一下。”

我说：“我不舍得。”

陈故先生受伤了：“分手五分钟！”

五分钟后，陈故先生说：“要不我们打个电话？”

我被他逗笑了，又觉得很暖心，怎么会有这么一个人无条件地对你好呢？

那天下午拖堂了，我把最后一个小孩送走后，又收拾了一下教室，忙完的时候已经快七点了。我急匆匆地出了工作室的门，正准备往电梯里冲，突然看到一个很眼熟的背影。

陈故先生背对着我，在看我们走廊上的画。我喊他，他回过头，说："你下班啦？"

我走过去，问："你怎么来了不跟我说一声？"

陈故先生说："惊喜。以前上学的时候，我就想接送你上下学，现在能送你上班，也能接你下班了，真幸福。"

最幸福的是，他来接我下班，回的是我们共同的家。

[07]

我是一个不太喜欢逛街的人，就算出去也只是闲逛。我会漫无目的地从这边晃到那边，看到哪里有好玩的就停下来，哪里风景美就多待一会儿，碰到喜欢的店就进去坐一会儿，挑点喜欢的东西买回家。

陈故先生闲的时候也会陪我这么走，虽然这样的机会不怎么多。我的工作是休周一、周二，有次陈故先生轮休，我们俩就相约出去闲逛了。

那天也是神奇，正好是世界读书日。因为是工作日，所以街上的人不是很多。但是各种公益的展览有很多，有的是画展，有的是宣传电视剧的，还有一处是免费送书，书不多，我和陈故先生各挑了一本言情小说。

生活总有一些意外之喜让人觉得幸福，今天就是这么幸福的一天。

我和陈故先生拿着书进了公园，公园很大很安静，鸟叫声很悦耳，我觉得整个人都被荡涤了。我们一直往里走，偶然碰到了一个中年合唱团。

周围围了一圈人，叔叔阿姨大多是刚退休不久的年纪，站成几排，唱得很认真，旁边是伴乐的乐团。他们唱了很多歌，大多是红歌，真的很好听。

我和陈故先生站在那里听了半个小时，从第一首听到最后一首，他们也这样一首接一首地唱下来，没有休息过。有几首歌陈故会唱，就跟着在下面小声哼着。我拉住他的手，说："这样老去真好。"

辛苦了几十年，从位子上退下来，还能有自己的生活，和一群志同道合的人做自己喜欢的事情，这样真好。

陈故先生说："等我们老了，你要是想唱歌我就来陪你唱。"

我拍了他一下："我唱歌会跑调。"

陈故先生想了一会儿，说："那就等以后老了，我们一起来遛狗，沿着河，看别人跳广场舞，听别人唱歌。"

我表示同意："再晃悠悠地回家。"

我一想到能这样老去，还有陈故先生在身边，就觉得苍老好像不是那么可怕的事情，也明白了那句歌词的意义——我怕时间太慢，日夜担心失去你，恨不得一夜之间白头，永不分离。

[08]

最近，城市的天气有点变化多端，就像那首歌唱的“爱就像蓝天白云，晴空万里，忽然暴风雨”。上午还是晴空万里，下午就暴雨倾盆。陈故先生早晨提醒我要带伞，我一看天气还不错，于是就不带了。

所以今天我很不幸地被大雨绊住了脚步。

等小朋友们都走了，我坐在画室门口给陈故发消息：我没带伞，你看到外面下暴雨了吗？都是我哭出来的眼泪。

陈故先生发了十几个“哈哈哈”过来，特别幸灾乐祸。

然后他说：你的眼泪不值钱。

我说：陈故先生，你飘了。

陈故先生发了一个可爱的表情。

我开始卖萌：别的小朋友都被家长接走了，你什么时候来接我啊？

陈故先生说：你的家长不想要你了，怎么办？

我大怒：你敢？

陈故先生问：下次你还敢不敢不带伞了？

我理亏在前，不敢凶他了，哄了他几句，说：你快点来，我饿了。

消息刚刚发出去，陈故先生的声音在我头顶响起："我就知道。"

我惊喜地抬起头，陈故先生拿着一把伞无奈地看着我，另一只手拎着一个袋子，香味飘过来，我的肚子叫了起来。我有点心虚地摸了摸肚子，说："你来啦？"

然后我伸手要去拿吃的。

陈故先生往后一退，我抓了个空，瞪他："你快把吃的给我，我要饿死了。"

陈故先生说："你这个小朋友一点也不乖，我为什么要给你吃的？"

为了吃的，我飞快认错。

"你错哪儿了？"

"我一定好好听话，出门带伞。"

陈故先生点点头，把东西给我后，还不停地说："这次是我在家能给你送伞，那我不在家你怎么办？"

我边吃东西边点头。

对对对，陈故先生越来越啰唆了，嫌弃他一分钟。

[09]

去年元宵节，我跟陈故先生慕名去逛了灯会。我们到了目的地后才知道现场有多可怕，人特别特别多，地铁甚至不在那一站停了。

我和陈故从前一站下车走过去，对于喜欢闲逛的我来说，这点路程根本不算啥。我们俩边聊边往那边走，然后走着走着就惊呆了。

毫不夸张的景象，人山人海。

我没看到几盏灯，都是人，闪光灯噼里啪啦的，周围很吵也很挤。

我其实有点人群恐惧症，在人群中会觉得自己很渺小，有时候情况会特别严重。陈故先生知道我有这个症状还是上高中的时候，因为不管是升旗仪式还是课间操，结束后我都会背对人群，待在原地等会儿再走。

后来，陈故会跟我一起留下来，他估计也不好意思问我怎么了，就假装系鞋带、去小超市买水、留下来捡垃圾。他留下来跟我一起走，说："嗨，江迢迢，这么巧，你看他们跑那么快，赶着回去做题有意思吗？"

可怜我当时暗恋陈故，真的以为自己跟他特别有缘分，每次都很巧地留在最后。我心跳加速，也不知道是因为恐惧人群还是因为他。再后来，我们熟了之后，我就跟他说了这件事，他说：“我也有！”

那一瞬间我觉得自己和陈故太配了，太有缘分了。当然了，后来我才知道他是骗我的，就为了有个理由陪我，这么想还有点甜。

再说回元宵节，这天晚上有点被动，人太多了，我们出不去，只能随着人群走。陈故先生一直把我的手紧紧地攥住，给我指着花灯让我看。

越往里走，反而没那么多人了，我们有了喘息的空间。陈故买了一盏手扎的花灯，明晃晃的，花灯被他拿在手上，灯光映得他特别好看。

我回去后，把当时的他画了下来，题上词：月上柳梢头，与陈故先生，约黄昏后。

我也想与他约以后每一年的黄昏后。

[10]

我和陈故先生在一起后，一直没有在一起过过情人节，每次不是他有任务就是因为……他有任务。我倒不是个对这些节日很注重的人，也没啥仪式感，我觉得爱对了人，情人节每天都过。

刚恋爱后的情人节，陈故先生不在，他给我发了一个红包，准备了礼物，还说觉得很抱歉。我让他不要觉得对不起我，他不能陪我过，我也不能陪他过，是我们俩共同的损失，又不单是我一个人的，而且他还比我辛苦。

我那天也没做什么，像往常一样出门散步。路上的小情侣特别多，成双成对的。本来我还有点小心酸，不过心里面又有点窃喜，我居然跟陈故重新在一起了，他现在是我的。我心情好得开始哼歌，特别开心。

七夕那天也是，倒不是只有他没时间，我当时也回家过暑假，没跟他待在一个城市。我在家待着吹空调吃西瓜，门铃突然响了，我心里咯噔了一下，不会是他要给我一个惊喜，从外地赶回来了吧？

我连忙光着脚去开门，站在门口的当然不是陈故，但是也让我吓了一跳。

站在门口的人是来送花的。

他问我："请问是江迢迢女士吗？"

我点点头："是。"

快递小哥笑了笑，说："情人节快乐，这是陈故先生为你订的花。"

玫瑰花，九十九朵，有点铺张浪费，还有点俗气。但是说实话，我爱死了。

[11]

众所周知，我是一个追星女孩，平生最大的乐趣就是看我的小哥哥和无数个小墙头，所以我的微信头像和微信聊天背景是一个人，QQ头像和QQ聊天背景又是另外一个人。

某天，陈故先生突然很严肃地跟我说："你知道我后悔什么吗？"

我有点慌，说："怎么了，你后悔跟我谈恋爱了？"

陈故先生一秒破功笑了出来，然后又板住脸，说："不是，我后悔大学期间没跟你谈恋爱。"

我说："我们也谈不起来，异地肯定要分手。"

陈故先生说："可是只有那个幼稚的时期能换情侣头像。"

我说："现在也可以啊。"

陈故先生说："那我们换。"

我说："那不行。"

陈故先生的笑容一秒消失，我大笑着说："不行，如果不用我爱豆的头像，我根本不想聊天。"

陈故先生说："怎么，我能跟你聊天还是托他的福，是吗？"

我毫不犹豫地点头。

陈故先生冷笑一声。我问："你吃醋啦？没事的，他们又得不到我！”

我大言不惭的样子逗笑了陈故先生，他说：“我在网上看到追星女孩家的小孩，都是叫爱豆爸爸的，难道我以后就是二爸爸吗？”

我被他这样一本正经跟我讨论的语气弄得受不了了，笑了好几分钟才缓过来。然后我开始跟他科普，我们追星女孩也是很理智很清醒的好吗！追星是为了变成更好的自己，像爱豆一样，才不会因为追星把自己的人生过得一塌糊涂呢。

陈故先生“啊”了一声：“那现在的人对追星的人误解很深。”

我说：“那没办法嘛，总有很多人酸，为什么这个男孩子有那么多人喜欢？肯定都是脑残。没办法，我们家宝贝就是这么好。”

我问陈故先生：“你说他好不好？”

陈故先生想了想，说：“当然好，你的眼光那么好，都嫁给了我，你喜欢的人都好。”

好，我就喜欢这样的追星女孩的家属。

[12]

我终于受不了陈故先生的唠叨，彻底放弃了外卖，开始了每天做饭的日子。不得不说，人类的本质是真香，我居然喜欢上了做饭，认认真真地去超市挑菜，制作每周食谱，不亦乐乎。

画什么画，做饭真好玩。

陈故先生被我的这个转变惊呆了，不过他之前一直忙，还未有幸吃到我做的饭。昨天他在家，我做了一荤一素再加一汤，他以为要像电视剧里的男主角尝女主角做的饭一样，需要英勇就义的勇气，吃完还得夸，所以第一口吃得有点艰难。

我推他："你给我好好管理表情。"

陈故先生吃了第一口菜，眼前一亮："好吃。"

我这才松了一口气，说实话，我心里是有点忐忑的，因为我是自学成才的，也没给别人吃过，我又是那种不喜欢别人安慰我的性子，如果不好吃，陈故先生还假装说好吃，我可能会更生气。

我不是非要得到他的肯定，是做了一件事情，需要别人的肯定。

我记得我以前没谈恋爱的时候，不会做饭也懒得做家务，我妈总是说："看你什么都不会做，以后嫁到别人家，婆婆肯定嫌弃你。"

我反驳我妈："我会用自己的能力赚钱，不会让自己有任何寄人篱下的可能。她也没有资格嫌弃我，因为我和我丈夫的生活是两个人自己过的，我没有义务伺候任何人。”

就像现在，我学做饭，把家里收拾得干干净净的，不是为了陈故先生，也不是为了能获得一个贤妻良母的称号，只是因为我想做，我从中收获了快乐，在做饭的过程中取悦了自己。

所以姑娘们，别被什么“贤妻良母”“女孩一定要会做饭”这样的话绑架，婚姻是两个人经营的，付出是双方的，别做自我感动的牺牲，记得擦亮眼睛。

来自江迢迢的婚姻论，第一节课，结束。

[13]

我最近在追一个选秀节目，是好友极力推荐的，说进程很快，里面的人实力也很强。于是，已经不怎么看选秀节目的我点开了视频，和陈故先生一起看了起来。

嗯，陈故先生是被迫的。

节目开始后，小哥哥一个个进来表演节目，我摇了摇头，说：“像我这样比较肤浅的看脸的人，就会先找一个好看的pick，这队不行。”

“这队也不行。”

“这个有点好看，先待定。”

“哇，这个好看，投票投票。”

陈故先生看了半天，说：“我终于知道选秀节目这个秀怎么来的了。”

我问：“怎么来的？”

陈故先生说：“古代皇帝纳后宫不也叫选秀……”

我说：“对哦。风水轮流转，今天我来选秀。”

陈故先生又有疑问了：“你选了一个小哥哥投票，那在粉圈不是叫爬墙吗？爬墙会被骂吧？”

我点头，对陈故先生了解这么多表示赞同，然后我告诉他：“不混粉圈，天下太平。”然后我说，“不过粉圈也有很多理智粉，他们也特别辛苦，反黑、打榜、做数据，都是一群很可爱的小姐姐。追星虽然辛苦但很快乐，你要不要也追一个试试看？”

陈故先生幽幽地看了我一眼，说：“算了，我追你一个已经很快乐了，就不找别人了。”

呃……我怎么感觉这个人酸酸的？肯定是错觉。

[14]

我在知乎上看到一个问题：给十年前的自己写一封信，你会写什么？

我把这个问题截图发给陈故先生，问他会写什么？

陈故先生在外地，有一周没回来了，回复消息也不及时，不过我都习惯了。果然第二天早上，我才看到他凌晨发来的消息，看到他的答案的时候，我有点震惊，觉得他活得很通透，想得太明白，让人又暖心又心疼。

他说：虽然这十年来我过得不是很顺心，但是结果都是好的，所以我会选择什么都不说，我喜欢现在的结局，不想有任何改变的风险，你呢？

我本来想给十年前的自己写一封信，告诉她以后她会遇到一个很爱很爱她的人，但是陈故先生说得对，不要去改变过去，因为现在真的很美好。

我有陈故先生，有丢丢和花花，还有满室的花儿与阳光，真的很好。

[15]

前天下班后我收到他发来的微信。

——宝贝儿。

——我想你了。

接着是一条语音。那边的风呼呼地吹来，夹杂着陈故的声音，他轻声哼唱："明天生动而具体，有且仅有一个你。"

"你是我最盛大的飞行。"

我站在街头，笑他煽情，笑着笑着眼泪就流下来了。

我想起我们高中谈恋爱的那一天，那天晚上送我回家时，在路口向我告别的陈故朝我挥手时的风。

只是那一次，他是在向我告别。

这次，他朝我走来了。

——The end——

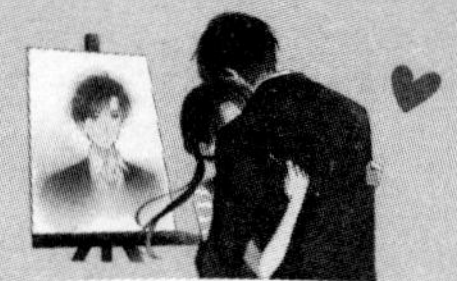

Afterword 1

TOU
TOU
JIA
KE
TANG

刚开始记录日常的时候，我没想过它会有这么长，再细细一想，我和陈故先生自高二认识到现在，已经九年了，时间还在走，慢吞吞地走向第十年。

我曾经做过一个大西北的旅游攻略，从兰州开始一路往西北再从林芝成都绕回来，后来被宋同学抢了先。他答应我回来后给我一个更完整的攻略。我跟陈故提议，十周年的时候，我们要去一趟大西北，我都计划好了。陈故惊讶道："你怎么突然自己计划了，以前这个不都是丢给我来弄吗？"

我"谄媚"地给他捏肩："怎么能辛苦你呢？你还有更重要的事要做。"

陈故先生问："什么事？你别献殷勤，我害怕。"

我说："请问陈故先生多久没有给他的江迢迢写情书了？"

陈故先生说："这个……"

我说："别让我说下面的话。"

陈故先生说："我写。"

我说："你不用写情书，给我写个后记。"

陈故先生骤然领了这个任务，震惊了一会儿，说："我那个文笔……给你看看还行，给那么多人看，你要我死吗？我不要面子吗？”

我问：“你爱不爱我？”

陈故先生点头：“可是……”

我说：“你爱我就写后记。”

于是陈故先生被我成功套路，好几天晚上都坐在电脑前盯着电脑发呆，半天都敲不下来一个字。我嘲笑他，高中作文不是写得很好吗？酸溜溜的，就照那个写。

陈故先生瞪着我：“你学坏了！”

我们刚认识的时候，我害羞，不常跟陈故先生说话，但他喜欢逗我，不是那种欺负的逗弄，是很善意的，很容易从中体会到他的意思，就是——我想跟你玩。虽然因为我心里有鬼，也没有和他玩到一起去，但现在回想起来还是觉得很温暖。

后来恋爱了，我们都变了很多，他不再是高中那个天不怕、地不怕的阳光少年了，我也没那么害羞、内向了。但是第一次牵手的时候，我们还是脸红了。当时他还说，都二十好几的人了，怎么牵个手还会脸红？

和喜欢的人牵手，不管多少岁都会觉得脸红、心跳加速吧。

再后来我们结婚了，我在文中没提到婚礼，因为它是一个普通得不能再普通的婚礼。一个男孩捧着花，开着车来到女孩家的楼下，接走了她。一个女孩嫁给了她喜欢了七年的男孩，他们共同宣誓，说要患难与共，然后交换戒指，交换生生世世。

宋同学曾经说过：“人生好无奈，你永远没有办法在适合的时候求仁得仁，就算后来得到了，也不会有那个时候以为的激动和开心了。就像喜欢一个人是有时效的，在那个有效期里没有得到回应，等过了那个期限得到了回应，我的热忱已经消失了。”

可我想，事无绝对，总有些意料之外，总有些峰回路转、柳暗花明，总有些一次动心便永远动心。

就像再次和陈故在一起的那个晚上，我翻来覆去睡不着，迷迷糊糊间，我梦见十八岁的陈故穿着校服和我并肩坐在乒乓球台上，在对我说话。

只是那次他说的是：“嗨，江迢迢，今天我是你的。”

而这天晚上，他说的是：“嗨，江迢迢，今后我是你的。”

我说：“嗨，陈故，今后我也是你的。”

我们再也不分开了好不好？

Afterword 2

TOU
TOU
JIA
KE
TANG

读完这本书后，我跟迢迢说："你把我写得太完美了，好像不会出错。"

迢迢说："可在我眼里，你就是这么好啊，难道我在你眼里不是那么好？"

以前我听人说"情人眼里出西施"，总觉得夸张，直到自己有了喜欢的人，才知道这句话丝毫不夸张。

江迢迢同学在我眼里真的特别好，而且好了很多年。

我记得第一次见到迢迢，她带我们读课文，特别听老师话的一个小姑娘，笑起来有酒窝，很甜，像芒果味的棒棒糖。我跟宋同学这么形容她时，宋同学笑我，说我太文艺了，还芒果味棒棒糖，他怎么没看出来？

这就是喜欢你觉得你怎么都好吧？

我喜欢上迢迢，虽然花的时间不长，期间也是备受煎熬的。我现在回忆高中生活，都觉得那个时候的自己太小、太幼稚了，被人起哄几句脸就红了，还要强撑着。

我就有好兄弟因为喜欢一个女生，反而不会去接近她，甚至还会故意当着她的面说她的坏话，女生被他气哭了，他再去哄。还好我没那么幼稚过。

可能是家里有一个弟弟的原因，我每次在做事前会考虑很多东西，害怕没有未来。可是我控制不住喜欢她，越不想去看她，就越是在意她。后来我干脆认命了，也可以放心大胆地看她了。

我看到迢迢写到她暗恋时期做过的事，还有宋同学暗恋时期做过的事，独独没怎么写我的，是我没怎么跟她说过，我也做过傻事。

迢迢根本就不知道她有多好，有多少人喜欢她。

有同学问过我，为什么会这么喜欢迢迢，万一以后遇到更好的怎么办?

我说不会了，不会再遇到更好的了。

那时候，我很坚定这辈子就喜欢这一个人了，虽然心里觉得不会有未来，但还是告诉自己，无论是现在还是未来，我只想喜欢她。

现在七年过去了，我把那句年少轻狂的话变成了事实，也许履行承诺要用一辈子。我想，等到我老去、死掉的那天，我也可以理直气壮地对迢迢说：“我这辈子只爱了你一个。”

可是我爱她，也不是为了这一天，只是因为想爱她而已。

我想感谢江迢迢，那么好的她愿意嫁给我，用她的整个青春爱我，我也希望等到我们老去的时候，我能为她读《致D情史》中的最后一段话：我们经常对彼此说，万一有来生，我们仍然愿意共同度过。

我愿意的，迢迢，你呢？

江迢迢回复：我也愿意。

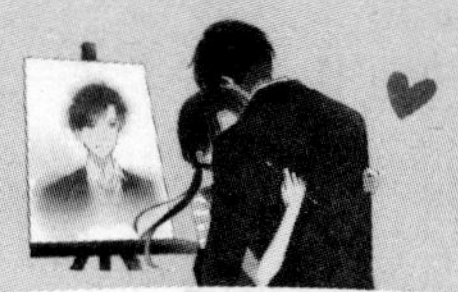

Extra 1
让我偷偷看你

TOU
TOU
JIA
KE
TANG

[01]

“在遇到你之前，我以为我的青春不过如此，被做不完的试卷和读不完的书包围，在一个又一个的夏天里离开少年时代，奔往更好的世界。遇到你之后，我再也没有更好的世界了，那个夏天就是最美好的夏天。”

我曾在深夜想起曾经的事情，给陈故先生发了一段这么长的话。其实发完我就后悔了，觉得矫情，但那个时候撤回功能还没上线。我赶紧又发：哈哈哈哈，谁偷了我的手机，发了这些东西?

——你就当没看见好了!

——哈哈哈，刷掉刷掉!

我看他那边一直显示“对方正在输入中……”，却一直没有发消息过来，我问：你怎么不说话?

陈故先生：我看看你还要欲盖弥彰多久。

我：不说了，再见。

我把手机往枕头下一塞，听着它不断地振动，等停下来后才拿出来。

陈故先生说——

宝贝，不仅是夏天，是一年四季。

对我来说，最美好的夏天不是那年的，是这个夏天。

谢谢你回到我身边。

晚安。

[02]

谈恋爱那会儿，因为陈故先生工作性质特殊，我们俩没在一起过过一次情人节。我安慰他："爱对了人，情人节每天都过。"

陈故先生郁郁寡欢："情人节，我为什么要跟这些大老爷们在一起？"

过了几天，他给我打电话，兴冲冲地说："迢迢，你知不知道，每个月的十四号都是情人节？"

我说："啊？"

陈故先生开始给我举例子："你看，一月十四日是日记情人节，三月十四日是白色情人节，五月十四日是玫瑰情人节……"

他说了一大堆，我忙着画画，敷衍地"嗯嗯嗯"，等他说完了，我问："那请问这位先生，哪个情人节能出来跟他的女朋友一起过呢？"

陈故先生说："下个月十四号，我可以！"

可以说，他为了过一个情人节很拼了！

我说："好，我等你。"

虽然我怕他突然有急事不敢太期待，但是内心还是有一点点期望，等到下个月十三号，陈故先生一天都没什么消息，我也习惯他失联了，画了一天的画，那天晚上，看一会儿书就准备睡觉。快睡过去的时候，我突然听到手机响了。

我接起来，陈故的声音有点喘："迢迢，开门。"

我愣了一会儿，才下床跑去给他开门。他站在门口，把手机往我面前一递，说："十二点整，今天是十四号，情人节快乐。"

完完整整的、不是传统意义上的情人节的一天，却是我二十多年来过得最像情人节的日子了。

[03]

我翻出了上学的时候写的日记，觉得太矫情了，一度想要销毁。陈故先生说："你销毁日记干什么？以后这些都是很宝贵的回忆，给我看看。"

我坚决不给。

陈故先生装委屈："好，我知道了，你肯定写别的男生的名字了。"

我白了他一眼，这个还真没有，因为整本日记都是他的名字。那个时候我看言情小说，矫情地摘抄句子，里面有一句"如果喜欢一个人就用笔小心翼翼地记下每一个瞬间，也许这些琐碎对你来说是那么不值一提，但我视若珍宝"。

例如，你笑起来的时候阳光都失去了颜色；你的眼睛那么漂亮，像琥珀一样；你的睫毛那么长，撩起阳光。

我自己看完都觉得羞耻，坚决拒绝给陈故先生看。他见我这么坚持，也就没再要求看了。我又自己默默地观察他。嗯，我发现虽然当时自己写得很矫情，但是他真的有这么好看。我伸手去撩他的睫毛，长长的、软软的。

陈故先生笑着说："那我要招认一件事情。"

我问："什么？"

陈故先生说："晚自习的时候，我看着你的背影发呆，在书上写你的名字，所以我所有的书的第21页都写满了你的名字。"

21谐音爱你。

在矫情却美好的岁月里，我爱你。

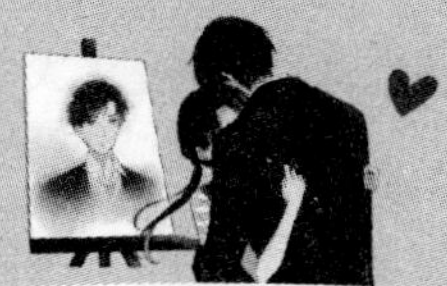

Extra 2
就喜欢你

TOU
TOU
JIA
KE
TANG

婚礼前一晚，我跟我妈一起睡的，我们聊了很多。我上大学后，只有寒暑假才会回来，很少有机会跟我妈这样聊天。那一瞬间，我感觉自己真的是大人了，可以独当一面，真实地面对人生的苦难。

我在黑暗中看着天花板，说我有点害怕。

我不是一个喜欢示弱的人，我觉得婚姻不是我嫁过去，他把我娶回家，而是两个独立的人组成一个新的家庭。我知道这理想很美好，可环境如此，不可能像我想的这样，而我的安全感也不该由别人给我。

有朋友笑我，说我单身久了，太独立，不会依赖人了。

可能我太想做一个独立、有主见的人了。和陈故先生谈恋爱的时候，他也发现了这点。他跟我说，他尊重我的独立，但有什么烦恼的事情，我可以找他商量，他会客观地帮我分析，不会帮我做决定。

我问陈故先生，会不会觉得我很无趣？好多女生都很依赖男朋友，很会撒娇，会适当地满足男友简单的虚荣心。

陈故先生拍了拍我的头，说：“那样的女生很好，你这样的也很好，做自己就很好。”

也是这样的陈故先生，让我下定了决心要和他过一辈子。我跟我妈聊到这一点，我妈说她也很意外，怎么连恋爱都不愿意谈的人，说结婚就结婚了？

我想了很久，觉得是宿命吧。我有个闺密是不婚主义，她有次过来跟我说：“迢迢，我读到一段话，说‘如果这个世界上那个人曾经出现过，那么其他人都只是将就。可我不愿意将就’，我感觉就是在说你。”

我读了读这句话，觉得最后一句太委屈了。是啊，我不愿意将就，哪怕知道可能不会在一起，可是我真的不愿意将就。

我的闺密说：“我好羡慕你啊，心里还有一个不愿将就的人，我连一个喜欢的人都找不到。”

我有时候想，陈故真的有那么好吗，让我念念不忘这么久？后来我们在一起了，我才确定，他真的有那么好，值得我念念不忘这些年。

那天晚上，我妈先睡着了，我翻来覆去睡不着觉，给陈故发消息，谁知道他也没睡，说有点紧张。

我问：你紧张什么？

陈故说：我马上要把喜欢的人抱回家了，你说紧张不紧张？我就怕哪里出了差错。

我笑他不稳重，然后看到他的朋友发了朋友圈：谁来救救我？刚刚陈故第十八次问我烟花确定有心形对吧？求求这位新郎少操点心，赶紧睡吧！

陈故先生：确定有吧？

朋友：……

我被他俩的对话逗乐了，我跟陈故道了晚安，一晚上梦到的都是烟花。

婚礼当天，我起得很早，简直是任人摆布。我坐在床上，周围布满了玫瑰花瓣。

等到礼炮不断响起的时候，门开了，我的陈故先生走了进来。

没有出任何的差池，我被喜欢的人带回了家。

Extra 3
有且仅有一个你

TOU
TOU
JIA
KE
TANG

[01]那就好

我之前有一个日记本，每一天都特意留了旁边的那一页给五年后的自己写。本来我都忘了，某天翻东西时把日记本翻出来了。

其实说是日记本，一周也就写两三次，像记流水账，吃了什么、睡到几点、打算干什么，再抄一两句我特别喜欢的句子。

现在看到那些句子，我都觉得非主流。

我想我要做一个成熟的人，记日记什么的已经不符合我的身份了，于是我把日记本给陈故先生了，让他写。

陈故先生拿着日记本："我就是不成熟的人？"

我说："你写不写？"

陈故先生："写，我当然写。"

我说我要检查的，陈故先生摆出一副"难道我还怕你检查"的样子，然后睡前一个人坐在书桌前写日记，背影显得特别痛苦。

我说："你要是写不出来，可以先睡觉，明天再补。"

他倔强地不肯回头："不，我可以，我能行。"

我说："那行吧。"

过了一会儿，陈故先生回头：“我不行，救我。”

我：“哈哈哈哈哈哈哈哈哈哈！”

我要看看他写了什么。他把日记本递给我，我翻开本子，五年前的本子质量还不错，到现在也没掉色，就是我以前的审美真的不怎么样，花里胡哨的。

陈故先生的日记如下：

×年×月×日 星期× 天气：晴好 心情：同前

真巧，今天的天气和五年前的一样，都是晴空万里，我的心情也是晴空万里，我想五年前的江迢迢同学的心情也很好。

今天跟迢迢一起去散步了，我这边一切安好，祝那边的你好梦。

虽然有点幼稚，但这篇日记还是让我有点感动。

关上灯后，我跟陈故先生说：“那天的我肯定睡得特别香。”

陈故拉住我的手：“那就好。”

[02]晚安

（由于五年前的那周我只写了两天的日记，所以陈故先生也只写了两天。）

陈故先生这周的日记如下：

×年×月×日 星期× 天气：小雨 心情：思念

今天我没回家，给迢迢发微信，说我不回去了。她给我回了一张她和花花、丢丢的合照，说："你不回来是吧？反正我也没做你的饭。"

我给她回了一个表情包就去忙了。等再拿到手机的时候就是现在，我看到她给我发了好几条消息，说给我留了饭，回来还能吃到。

因为工作性质特殊，我的胃不怎么好，所以不吃食堂时我都是自己下厨。迢迢现在也学会了做饭，做得真的很好吃。

五年前的迢迢同学，你也没想到自己现在做饭这么好吃吧？

想到可以吃一辈子，我还真是开心。

睡啦，晚安。

我有时候觉得陈故先生太温柔了，我和他不在一起的那五年里，肯定有太多太多的事情磨平了他的棱角，有时候想想会觉得心疼。

我曾经跟他提过这个问题，他很感慨地跟我说，其实能久别重逢挺好的，如果不喜欢了也没什么，如果能一直喜欢再在一起，他会更加珍惜。

话是这么说，但我还是很遗憾没能在他快速成长的那几年陪着他。

我只能在日记本上隔着五年的时光，跟现在的陈故先生打招呼。

“你吃了吗？”

“我吃了。”

“你好吗？”

“我很好。”

我只是有点想你。

你肯定听到了我的想念，所以现在才在我的身边。

我感谢岁月，也感谢你。

Extra 4
你站着不说话，就很甜

TOU
TOU
JIA
KE
TANG

[01]愿望气球

前两天，培训班组织小朋友春游。小朋友们背上画夹，挑了一个风景优美的地方写生，写完生后才开始正式地玩。有家长带了很多气球，在草坪上跟小孩一起追着气球跑。

那画面挺美的，五颜六色的气球被风吹着，几乎每个小孩怀里都抱着气球。我挑了一个蓝色气球颠着玩，突然想起以前上学的时候，除了过中秋和元宵，几乎没有店铺卖孔明灯，所以我们要是想许什么愿望，要么折纸船，要么写在气球上。

我的闺密：逢考必过，感谢！

我贪心得要死，每次愿望一大堆，不把整个气球写满不罢休。我的闺密说："别那么贪心了，你的愿望这么多，老天怎么让你实现？"

我把"逢考必过"画掉了。

闺密："愿望还是太多了。"

我又把"万事顺遂"画掉了。

闺密："继续。"

我把"发大财"画掉了。

闺密："只能留一个愿望，赶紧的。"

我抱着气球觉得很委屈，就剩两个愿望了，一个是早日住上大房子，一个是跟陈故在一起，哪一个都不好取舍。

后来，我跟陈故先生讲起这件事，让他猜我留下了哪个愿望。陈故先生嘚瑟地说："那肯定是留下了跟我在一起的愿望，对吧？"

我说："不是。"

陈故先生大惊失色："大房子竟然比我重要是吗？"

我偷笑着。我一直没告诉他，我把那个气球扎破后，又吹了一个蓝色的气球，愿望很简单：跟陈故先生一起住大房子。

好，谢谢帮我实现愿望的人，真灵。

[02]虾滑

昨天，我跟陈故先生一起去吃火锅。周末，火锅店的人特别多，我们前面有一百多桌，服务员说我们可以去逛一逛再来。我不想逛街，说就在这里等着吧。

火锅店的服务员态度好，给我们拿来不少解闷的东西，其中就有飞行棋，我嫌太幼稚了，没玩。陈故先生没有我那么依赖手机，一个人玩飞行棋玩得特别开心。

也不知道什么毛病，他一边玩，一边念念有词。我嫌弃地看了他一眼，说："你要是赢了，今天的虾滑全归你。"

陈故先生说："你不是最喜欢吃虾滑吗？"

我说："对啊，所以说如果你赢了，虾滑都归你。你要是没赢，你一口都不许吃。"

陈故先生叹了一口气，说："你把咱家想得多穷啊，连两份虾滑都点不起吗？"

我说："我这不是怕吃不完吗？两份吃不完，一份不够吃。"

陈炽先生点了点头，说："也是啊。"

他把飞行棋往桌上一丢："那我输定了，我哪里舍得你一口虾滑都不吃？"

我：……

被他甜了一下后，服务员告诉我们，两份虾滑吃不完的话，可以点一份半。

陈故先生呆滞了一会儿，说："谢谢。"

我："哈哈哈哈哈哈哈哈！"

[03]两人一猫一狗

我跟陈故先生在河边散步，因为去得太早，路灯还没有亮。花花在前面跑着，跑得远了，陈故先生喊："小金毛，回来！"

我拍了他一下："花花有名字，你老喊它小金毛，它不要面子的吗？"

陈故先生一直对花花的名字不太满意，但是又取不出让我满意的名字来取代，所以有时候他就不喊名字，不过花花不会理他就是了。

我说："两人一狗一猫，这生活太美好了吧！"

陈故先生说："那也得看是什么人，什么狗，什么猫。"

我说："哦，你是对狗不满意，对猫不满意，还是对我这个人不满意？"

陈故先生很有求生欲，马上回答："我的意思是，我才是真正的美满，有你，有丢丢，有花花，换一个人、换一只猫、换一只狗都不行。"

我满意地点点头，又觉得好笑。

陈故先生又说："也不是，换猫换狗都行，换你不行。"

花花仿佛知道陈故先生在说它的坏话一样，跑回来绕着他转圈。他跟它玩，边跑边笑："这家人怎么都这么难哄？"

我在旁边笑弯了腰。

两人一猫一狗，三餐，四季，真美好。

糖果铺子

糖还没吃够？再来一颗！

TOU
TOU
JIA
KE
TANG

《草莓味的你》

作者：纪南方

医学院麻醉系教授×当红女歌手
传说中的高岭之花撞上死缠烂打的小白兔！
“沈渡，我要你为我弯腰。”

定价：36.80元

扫二维码，即可购买

偷偷加颗糖

出 品 人：周 政
特约监制：曾筱佳
责任编辑：丁小卉
特约编辑：林栀蓝 杨 珍
装帧设计：周 丽 李映龙
封面绘制：Tendy